후추의
안개공장

후추의 안개 공장

서해문집 청소년문학 030

초판 1쇄 발행 2024년 4월 10일

지은이   이현주
펴낸이   이영선

편집   이일규 김선정 김문정 김종훈 이민재 이현정
디자인   김회량 위수연
독자본부   김일신 손미경 정혜영 김연수 김민수 박정래 김인환

펴낸곳 서해문집 | 출판등록 1989년 3월 16일(제406-2005-000047호)
주소 경기도 파주시 광인사길 217(파주출판도시)
전화 (031)955-7470 | 팩스 (031)955-7469
홈페이지 www.booksea.co.kr | 이메일 shmj21@hanmail.net

ISBN 979-11-92988-49-8 43810

서해문집
청소년문학
030

후추의 안개공장

이현주 장편소설

서해문집

차
례

01
＊

햇살가득마을의 안개

가온누리에서 내려온 안개를 제일 먼저 발견한 건 피아였다.

1년 내내 해가 들이비치는 **햇살가득마을**에 안개가 내린 건 예삿일이 아니었다. 하지만 마을 어른들은 곧 걷힐 거라며 대수롭지 않게 여겼고 아이들은 처음 보는 안개를 새로운 장난감으로 삼았다. 피아는 안개를 볼 때마다 어쩐지 불안했다. 무엇보다도 안개가 가온누리에서 왔다는 사실이 피아를 안절부절못하게 했다.

가온누리는 마을 서쪽 끝에 있는 울창한 숲이다. 사람들은 가온누리에 대해 저마다의 이야기를 지어낸다. 한번 들어가면 나올 수 없다고, 요상하게 생긴 사나운 괴물이 산다고, 세상의 끝이라고, 마녀와 마법사만이 들어갈 수 있다고…. 마을 사람들은 약초를 잘 알고 병을 고친다는 이유로 나나 할머니가 마녀라고 생각하는 무지하고 무례한 사람들이지만, 그들이 가온누리에 관해 수군대는 건 맞는 말인 것 같았다.

가온누리 초입부에 자리 잡은 약방에서는 가온누리를 쉽게 느낄 수 있었다. 가온누리에서 불어오는 찬바람 때문에 피아와 할머니는 한여름에도 스웨터를 입고 난로를 때야 했다. 바람이 불지 않아도 창틀이 흔들리기 일쑤였고, 외계어처럼 알아들을 수 없는 말소리에서부터 머리칼이 단번에 서는 괴음, 음흉한 웃음소리가 바람에 실려왔다. 그중에서도 제일 기분 나쁜 건 가온누리의 그림자였다. 그림자는 어딜 가든 따라오는 것 같았다. 피아가 외로운 것도 친구가 없는 것도 다 가온누리의 그늘 때문인 것 같았다.

피아는 여러 번 이사를 가자고 나나 할머니를 졸랐지만, 할머니는 "자고로 약방이란 약초가 자라는 산과 가까워야 한다"며 이사를 갈 수 없다고 했다.

하지만 약재로 사용하는 약초는 가온누리가 아니라 북쪽 언덕에서 나온다(사실은 숲이지만 가온누리에 비해 허무할 정도로 작아 아무도 북쪽 숲을 '숲'이라 부르지 않는다). 정말 약초를 캘 목적이었다면 언덕 근처에 약방을 열지, 왜 하필 가온누리 쪽일까?

피아는 약방이 가온누리의 문지기 역할을 하고 있다고 생각했다. 몇 년에 한 번씩 이름도 들어보지 못한 먼 마을에서 온 사람들이 약방에 들렀다. 옛 이야기에나 등장할 법한 기다란 칼을 차고 철 갑옷을 입은 여자도 있었고, 얼굴이 눈처럼 하얀 꼬마도, 몸집이 집채만 한 남자도 있었다.

그들이 무어라 말을 꺼내기도 전에 나나 할머니는 음식을 내오고 하룻밤을 재워주었다. 피아가 잠자리에 들기 위해 방으로 향할 때면 촛불 앞에서 방문자들과 이야기를 나누는 할머니가 보였다. 워낙 낮은 목소리여서 무슨 이야기를 하는지는 들리지 않았고, 자고 일어나면 사람들은 없었다. 이부자리도 말끔히 치워져, 손님들이 찾아왔던 게 꿈만 같았다.

가온누리로 들어간 사람들 중에 피아가 다시 본 사람은 아직 없다. 아, 나나 할머니만 빼고. 할머니는 가끔 특별한 약초를 구할 때면 가온누리로 향했다. 그리고 돌아오면 가온누리에서 만난 존재들에 관해 이야기해주었다. 가온누리에는 산신령, 말하는 돌, 마법사, 무엇이든 있는 동굴 등 어디에서도 들어보지 못한 신비한 것들이 모여 있다고 했다.

어렸을 때만 해도 피아는 나나 할머니가 들려주는 이야기를 귀를 기울였지만, 이제는 다르다. 지어낸 이야기를 들을 나이는 한참 전에 지났다. 나나 할머니는 크면 가온누리에 들어갈 수 있다고 했지만, 피아는 굳이 그러고 싶지 않았다. 언젠가는 할머니를 따라 가온누리에 가게 되겠지만….

처음 증상을 보인 건 촌장 아저씨였다.

안개가 햇살가득마을을 덮은 그날, 아저씨는 가온누리 기슭까지 올라왔다. 그 전까지는 일이 있으면 사람을 보냈지, 촌장 아저씨가 약방까지 직접 찾아온 적은 없었다.

"촌장 아저씨, 무슨 일 있어요?"

피아는 텅 빈 유리알 같은 눈으로 자신을 쳐다보던 아저씨의 표정을 잊을 수 없었다. 아저씨는 자기가 누구이고 어디에 있는지조차 잊어버린 것 같았다.

촌장 아저씨는 며칠 동안 멍한 표정과 초점 없는 눈빛으로 마을 구석구석을 하염없이 걸어 다녔다. 다들 걱정했지만 아저씨를 말릴 수는 없었다. 그렇게 며칠이 지나고 결국 아저씨는 침대에 드러누웠다. 몸져누웠다는 게 아니다. 어느 날 갑자기 걷는 걸 멈추더니 아무것도 하지 않는다고 했다. 그날부터 아저씨는 침대에 누워 끔뻑끔뻑 천장만 올려다봤다.

지금은 마을 사람 반 이상이 촌장 아저씨처럼 누워 있었다.

분명 무슨 문제가 생긴 건데…. 할머니는 조심하기는커녕 여기저기 왕진을 다녔다.

"할머니, 우리도 조심해야 하는 거 아니에요? 그만 좀 돌아다니고…."

매일 밤 피아는 나나 할머니의 흐리멍덩한 눈빛을 마주하는 악몽에 시달렸다. 이대로 가다가는 악몽이 현실이 될 것 같았다. 마을 사람 모두가 아파도 나나 할머니만은 지키고 싶었다.

"아픈 환자는 그냥 내버려두는 게 아니다."

하지만 나나 할머니는 늦은 새벽까지 쉬지 않고 약초를 달였다. 이날 마을 사람 다섯이 같은 증상을 보였다. 평소 같았으면 빨리 잠자리에 들자고 보챘을 피아도 할머니 옆에서 말없이 일감을 거들었다.

나나 할머니는 해답 없는 싸움을 이어나갔지만 결국 마을 사람들이 무기력하게 변하는 걸 막지 못했다. 사람들을 고치지 못했다는 죄책감 때문이었을까. 나나 할머니도 달라지기 시작했다. 항상 기운 넘치던 할머니의 말수가 급격하게 줄었고, 입맛을 잃어 끼니를 거르는 날이 늘어났다. 피아는 그나마 할머니의 두 눈이 반짝인다는 사실을 위안으로 삼았다.

그러던 어느 날, 나나 할머니가 약초 서랍을 가리켰다.

"가온누리로 들어가야 해. 그래야 마을을 구할 수 있어. 피아야, 약도를 따라가렴."

피아는 나나 할머니가 가리키는 맨 아래 칸을 열었다. 함부로 여닫으면 약초의 효능이 사라진다고 해서 한 번도 열어보지 못한 칸이었다. 열어보니 약초는 없고 꼬깃꼬깃한 종이 한 장이 덩그러니 놓여 있었다. 종이에는 '안개 공장 약도'라고 적혀 있었다.

"안개 공장? 할머니, 안개 공장이 뭐예요?"

나나 할머니는 대답이 없었다.

"할머니, 안개 공장이 뭐냐니까요?"

나나 할머니는 이부자리에 누워 멍하니 천장만 응시했다.

"할머니?"

피아는 할머니에게 다가갔다.

할머니의 눈이 유리알처럼 변해 있었다. 피아는 비명이 터져 나오는 입을 손으로 막았다. 할머니를 잃을 수는 없다. 할머니를 구해야 했다. 무얼 하라고 했지? 피아는 다급히 종이를 펼쳐 약도를 확인했다. 잊힌 것들의 동굴로 가라고?

02

❊

잊힌 것들의 동굴

몇 시간 동안 헤매고 있는 건지 피아는 지쳐 쓰러질 것 같았다. 그나마 제대로 된 의자를 발견해 앉아서 조금 쉬려고 했더니 손이 닿기도 전에 와르르 무너져 내렸다. 가뜩이나 깜깜한 곳에 먼지까지 날려 눈앞이 뿌옜다. 숨 쉬기도 어려웠다.

"잘했네, 피아. 정말이지 제대로 하는 게 없다니까."

피아는 한 손을 휘저어 허공에 날리는 먼지를 밀어냈다. 마음 같아서는 두 팔을 다 쓰고 싶었지만 어두운 데다 무엇인지 알 수 없는 것들로 가득한 곳에서 호롱불을 내려놓고 싶지는 않았다.

"**잊힌 것들의 동굴**이라더니 진짜 세상 사람들이 잊은 물건들만 모아놓은 것 같네."

동굴 안쪽으로 들어갈수록 호롱불이 밝힐 수 있는 영역이 점점 좁아지더니 이젠 겨우 발만 보였다. 마치 동굴 속 보이지 않는 존재가 빛을 잡아 먹는 것 같았다. 그렇지 않고서야 한 치 앞도 보이지 않는다는 게 말이 안 됐다.

"도대체 얼마나 더 들어가야 하는 거야? 내가 왜 여길 혼자 와서…. 아냐, 올 수 있는 사람이 나밖에 없었잖아. 피아, 넌 할 수 있어. 빨리 공장을 찾아서 해결하고 돌아가는 거야. 그래, 그럼 끝나는 거야."

평소에는 하지도 않는 혼잣말을 중얼거리며 피아는 목걸이를 어루만졌다. 용기가 필요할 때면 목걸이를 만지곤 했는데 오늘 어찌나 자주 만졌는지 평생 필요한 용기를 이미 다 끌어 쓴 기분이었다.

나나 할머니는 왜 안개 공장으로 가라고 했을까? 잊힌 것들의 동굴은 찾았는데 동굴 안에 있다는 안개 공장은 어디 있는지 모르겠다. 안개 공장이라는 게 존재하기나 할까?

잊힌 것들의 동굴은 언뜻 여느 동굴처럼 보였다. 하지만 평범한 동굴과는 확연히 달랐다. 다 끊어진 노끈, 해진 이불, 찢어진 책, 낡아빠진 장갑, 바람 빠진 공, 구멍 뚫린 동전, 찢어진 그림, 부러진 젓가락 등 망가지거나 원래 형체를 알아보기 힘든 것들이 한데 엉켜 동굴 벽과 종유석, 석순, 석주를 이루고 있었다. 동굴을 이루는 물체들은 하나같이 손대기만 해도 부스러질 만큼 오래돼 보였다.

우지끈 하며 무언가 부서지는 소리가 났다. 바닥을 보니 액자가 있었다. 피아는 먼지 쌓인 액자를 집어 들어 옷소매로 벅벅 문질렀다. 액자 속 빛바랜 흑백 사진에는 단정한 양복을 입은 젊은 남자와 긴 치마를 입은 여자가 나란히 서 있었다. 한 손으로 입을 가린 남자의 볼은 당장이라도 웃음보가 터질 것만 같이 부풀어 있었다. 그들 뒤에는 '품점'이라고 적힌 건물이 있었는데 이름이 있었을 부분은 찢기고 없었다.

피아는 액자에서 조심스럽게 사진을 꺼내 가방에 넣었다. 왠지 간직하고 싶었다.

그러고도 한참을 걸었을 때였다. 앞에서 빛이 번쩍하더니 무언가 무너지는 소리가 났다. 동시에 다리가 제멋대로 꼬였고 피아는 그대로 꼬꾸라졌다.

"뭐지? 어? 악!"

몇 번을 데구루루 구르다가 얕은 구덩이에 빠졌다. 온몸이 부서질 것처럼 아팠다. 분명 여기저기 까지고 피가 난 것 같은데 들여다볼 기운이 없었다. 피아는 차갑고 축축한 동굴 바닥에 그대로 누워 있었다. 호롱불을 멀리 떨어뜨렸는지 아무것도 보이지 않았다.

곧이어 우당탕탕 소리가 나더니 주위가 잠시 대낮처럼 환해졌다. 누군가 헐떡이며 피아 쪽으로 달려왔다.

"이런다고 후추 네가 원하는 대로 해줄 것 같아?"

거친 목소리였다.

피아는 남은 힘을 쥐어짜 고개를 들었다. 집채만 한 크기의 흰 늑대가 피아를 향해 달려오고 있었다. 도망갈 수도, 도망갈 곳도 없어서 피아는 몸을 최대한 바닥에 붙였다. 늑대의 발소리가 점점 크게 울렸다.

그러다 갑자기 발소리가 뚝 끊기더니 가까이에서 코를 킁킁대는 소리가 났다. 심장이 어찌나 세차게 뛰는지 금방이라도 몸을 뚫고 나올 것 같았다. 피아는 한 손으로는 가슴께를 누르고 다른 한 손으로는 코와 입을 틀어막았다. 숨소리가 들릴까 봐 숨도 참았다. 늑대의 콧김이 느껴졌다. 발끝부터 머리끝까지 소름이 돋았다.

늑대한테 잡아 먹히는 건 정말 아프겠지? 피아는 눈을 감았다. 억울했다. 이야기 속에서는 모험을 떠난 사람이 영웅이 돼서 돌아오던데, 자신은 안개 공장을 발견하기도 전에 가만히 누워서 죽다니!

그때 '펑' 하는 소리와 함께 서늘한 바람이 불었다.

"에이, 후추 녀석. 이런다고 내가 잡힐 것 같지? 다른 사냥꾼들은 이렇게 당했을지 몰라도 난 아냐!"

거친 목소리가 점점 멀어졌다. 피아는 실눈을 뜨고 참았던 숨을 내쉬었다. 구덩이 밖으로 고개를 내밀고 싶었지만 참았다. 거대한 늑대가 도망칠 정도면 대단히 무서운 존재가 따라오는 게 분명했다. 나나 할머니는 안개 공장으로 가는 길이 위험할 거라고는 말하지 않았다. 도대체 골동품으로 가득한 동굴에서 무슨 일이 벌어지고 있는 걸까?

무언가가 털썩 하고 피아 옆에 떨어졌다. 명절 때나 보는 복주머니였다. 그런데 복주머니가 저절로 열리더니 뿌연 안개가 흘러나왔다. 주변이 안개로 덮여 아무것도 보이지 않았다. 동시에 불편하고 꺼림칙한 느낌이 들면서 온몸에 난 털이 쭈뼛 섰다. 안개 속에서 무언가가 끈적한 발소리를 내며 피아를 향해 천천히 다가왔다. 부패한 생선에서 날 법한 썩은 내가 났다. 피아는 도망치고 싶었지만 몸을 움직일 수 없었다.

축축한 무언가가 피아를 덮쳤다. 기분 나쁘게 미끌거리고 차가웠다. 피아의 몸은 점점 무거워져서 깊은 바닷속으로 가라앉는 것만 같았다. 아무것도 하고 싶지 않고 할 수 없다는 생각이 피아를 압도했다.

누군가 자신을 부르는 것 같았지만, 벽에 막힌 듯 잘 들리지 않았다. 새하얀 얼굴이 보였다. 까만 눈이 어딘가 슬퍼 보였다. 피아의 가슴팍이 뜨거워지며 심장이 두근거렸다.

03

*

말하는 돌

"안내자, 이제 곧 후추님이 그 안개를 쓸 수 있게 해주지 않을까? 내가 꿈을 모은 지도 벌써 몇 주는 된 것 같은데."

"수집가님, '죽은 사람을 되살리는 안개'는 위에서 허가를 내주지 않으면 안 된다니까요. 그리고 언제 후추님께서 수집가님과 거래한다고 하셨어요? 수집가님이 일방적으로 울고불고 사정하다가 그냥 일한다고 하셨지."

"넌 한 번쯤은 내 편을 들어줄 순 없는 거야? 아휴, 내가 진짜 돌덩이랑 얘기하는 건지."

"그럼 제가 돌덩이지 흙덩이겠어요?"

"너랑 얘기하기 답답하다, 답답해. 사람인 내가 참아야지."

힘없는 저음의 목소리와 금방이라도 기뻐 날뛸 것 같은 고음의 목소리. 피아의 귓가에 상반된 두 목소리가 들렸다. 눈을 뜨고 싶었지만 마치 접착제로 붙여놓기라도 한 것처럼 눈꺼풀이 움직이지 않았다. 몸도 마찬가지였다. 누가 아래로 잡아당기는 것 같았다.

그 순간 피아 앞에 배가 나타났다. 귀신이라도 나올 듯 다 부서진 배는 시커먼 물속을 부유했다. 피아가 손을 뻗자 차가운 유리 벽이 닿았다.

이게 뭐야?

피아는 팔다리를 허우적거렸다. 어느 방향으로 손을 뻗든 유리 벽이었다. 피아는 유리 상자 안에 갇혀 있었다.

여긴 어디지?

주변에는 부서진 배 말고는 아무것도 없었다. 피아는 양손으로 유리 벽을 밀었다. 그러자 배가 사라지더니 그 자리에 눈을 감고 누워 있는 한 사람이 나타났다. 단발에 까무잡잡한 피부, 별로 크지 않은 키. 피아 자신이었다.

내가 왜 저기 누워 있지? 난 이 유리 안에 있는데?

모든 상황이 이해되지 않았다.

유리 상자 밖에 누워 있는 자신이 아래로 가라앉았다. 동시에 물비린내가 훅 끼치며 피아가 서 있는 유리 상자 안으로 물이 들이쳤다. 아무리 봐도 구멍이라고는 없는데 사방에서 물이 쏟아져 들어왔다. 소름 끼치게 차갑고 미끈거리는 물이었다. 피아는 양손으로 유리 벽을 두들겼다.

'살려주세요!'

피아가 소리쳤지만, 오히려 목이 메고 답답했다. 소리는 입 안을 맴돌 뿐이었다. 피아의 목까지 물이 차올랐다. 숨을 쉴 수 없었다. 피아는 가슴을 두들겼다. 가슴팍이 뜨거워졌다. 그때, 피아의 목걸이에서 빛이 나더니 피아와 주변을 집어삼켰다. 커다란 파열음과 함께 유리 상자가 부서졌다.

피아는 캑캑거리며 몸을 벌떡 일으켰다. 온몸이 욱신거렸다. 아프지 않은 곳이 없었다. 넘어져서 구덩이에 빠졌던 게 생각났다. 집채만 한 늑대의 날카로운 어금니도 떠올랐다. 양팔에 소름이 와다닥 돋는 순간, 왜소한 몸집의 남자와 눈이 마주쳤다. 작은 코에 움푹 팬 눈, 밝은 갈색 머리. 큰 코에 튀어나온 눈, 머리카락 색이 진한 햇살가득마을 사람들과는 전혀 다른 생김새였다. 남자는 어울리지 않게 머리에 고글을 걸치고 있었다.

"애, 일어났니? 안내자! 드디어 깨어났다. 깨어났어!"

피아는 주변을 살폈다. 천장이 높지 않은 조그만 동굴이었다. 평범한 돌로 이루어진 평범한 동굴 안에는 남자와 피아 말고는 아무도 없었다.

"아저씨, 여긴 어디예요?"

"어디긴요, 안개 공장이지요."

고음의 목소리가 동굴 안을 울렸다. 어딘가 아이 같은 목소리였다.

"여기가 안개 공장이라고요?"

아무리 떠올려봐도 안개 공장으로 온 기억은 없었다.

"제가 여기에 어떻게 왔어요?"

"안개 사냥꾼이 던진 물안개에 맞아 쓰러지신 걸 후추님께서 데려오셨어요. 다른 사람들 같았으면 물귀신 밥이 됐을지도 모르는데 용케 살아나셨어요. 고약한 안개 사냥꾼 같으니라고. 어딜 감히 후추님께 덤비려고 하는지."

화를 내는 듯한 내용과는 달리 금방이라도 날아갈 듯 기뻐하는 말투였다. 그런데 아저씨의 입이 움직이지 않았다. 나나 할머니가 가온누리에서는 뭐든 가능하다고 말하셨는데… 설마….

"아저씨, 입을 다물고 말할 수 있어요? 혹시 마법사예요?"

"아니다. 내가 말한 게 아니야."

이번엔 아저씨의 입이 움직이면서 힘없는 목소리가 흘러나왔다.

"당연히 제가 말하는 거죠."

고음의 목소리가 가까이에서 들렸다. 하지만 곁에는 아저씨 말고 아무도 없었다.

설마, 넘어지더니 내 머리가 어떻게 된 거 아냐? 피아는 머리를 흔들었다.

아저씨는 옅은 미소를 지으며 피아 옆에 있는 돌덩이를 턱으로 가리켰다. 크고 작은 돌이 피아의 허리 정도 높이로 쌓여 있었는데 팔다리가 붙어 있는 것 같은 모습이 괴기했다. 그때였다. 제일 위에 붙은 돌이 아무도 만지지 않는데도 스르르 돌아갔다. 작은 돌들이 붙어 있는 모습이 눈썹, 눈, 입처럼 보였다.

"제 목소리가 안 들려요?"

입이라고 생각되는 부분이 움직이며 활기찬 목소리가 새어나왔다.

"너… 너가 말한 거야? 돌이 말을 해?"

"제가 아니면 누가 말하는 건데요? 처음 봤는데 좀 무례하신 거 아니에요?"

내용은 까탈스러웠지만 말투는 여전히 기뻐 날아갈 듯했다.

"네가 무례하다는 것도 아냐? 난 네가 하도 돌처럼 굴기에 그런 건 모르는 줄 알았다. 허허."

아저씨가 웃었다. 돌덩이는 얼굴을 구성하는 작은 돌을 움직여 마치 혀를 내밀고 놀리는 듯한 우스꽝스러운 표정을 지었다.

돌이 말을 하고 움직이다니! 바로 눈앞에서 벌어지는 일인데도 믿을 수 없었다.

"저기, 죄송한데 이게 다 뭐죠?"

"너도 인간이냐?"

아저씨가 피아를 위아래로 살폈다. 피아는 말없이 고개를 끄덕였다.

"나와 다른 세계에서 왔나 보구나. 그래서 처음 보는 옷을 입고 있던 거였군."

다른 세계? 그러면 아저씨는 내가 사는 세계와 다른 곳에서 왔다는 건가?

"안개 공장에서는 안내자를 보는 것보다 놀랄 일이 더 많을 거다. 특히 이 잊힌 것들의 동굴에서는."

아저씨가 말했다.

"깨어나시면 집으로 돌려보내라는 후추님의 지시가 있었습니다. 따라오세요."

돌이 벌떡 일어났다. 몸을 세워봤자 피아의 배꼽 높이밖에 안 됐다.

"난 안개 공장에 부탁할 일이 있어서 왔어. 그걸 해결할 때까지는 집으로 돌아갈 수 없어."

피아는 세차게 두 손을 저었다.

"준비되셨다면 따라오세요. 집으로 보내드릴게요."

"안 된다니까. 무슨 문제인지 물어보지도 않아?"

"이쪽으로 오시면 됩니다."

돌은 피아의 말을 무시한 채 짤막한 몸을 뒤뚱거리며 걸어갔다.

"저럴 때 보면 쟨 영락없는 돌덩이라니까. 어떨 때 보면 인간을 이해하는 것 같다가도 어떨 때 보면 한없이 차가워. 감정이 있는지 통 알 수가 없어. 딱한 사정인 것 같은데 내가 도와줄게. 나도 부탁할 게 있어서 여기 눌러사는 중이거든."

아저씨는 피아에게 한쪽 눈을 찡긋했다.

"빨리 따라오세요."

돌이 낭랑한 목소리로 외쳤다.

"일단 따라가는 게 좋아. 가자."

아저씨는 고글을 내려 쓰고 천으로 얼굴을 가리더니 돌이 간 방향으로 걸어갔다. 피아는 한숨을 크게 내쉬고 그들을 따라갔다.

04
＊
안개 배달 상자

    귀가 먹먹해질 것 같은 소음에 피아는 귀를 막았다. 물이 졸졸 흐르는 소리, 누군가 방귀를 뀌는 소리, 깔깔대는 소리에서부터 뭐라고 설명하기 어려운 난생처음 듣는 소리로 가득했다. 세상에 존재하는 모든 소리를 한데 모아놓은 것 같았다. 작은 아치를 지났을 뿐인데 갑자기 이럴 수가 있나?

    "여기가 안개 공장이야."

    아저씨가 피아의 귓가에 외쳤다.

    안개 공장이라는 이름에 걸맞게 그들이 들어선 공간은 안개로 가득했다. 새벽 공기 같은 쌀쌀함이 옷 사이로 비집고 들어왔다. 내부는 빤지르르하고 거대한 기계로 가득했는데, 그 끝이 보이지 않았다. 거대한 양철 팔 같은 것이 피아 바로 앞으로 내려왔다.

    "으악! 이게 뭐예요?"

"괜찮아, 안 잡아 먹으니까. 이건 안개를 만드는 기계야. 이쪽으로."

정교한 기계는 마치 살아 있는 생명체처럼 옆으로 옮겨 갔다. 깊이 들어갈수록 그런 기계가 더 많아졌다. 피아는 정신없이 두리번거리며 기계를 살폈고 아저씨와 돌은 다른 곳에는 시선을 주지 않고 계속 앞으로만 걸었다.

목이 뻣뻣해질 즈음, 여섯 갈래로 나뉜 갈림길이 나왔다. 길목에는 편안해 보이는 의자 몇 개와 작은 테이블이 있었다. 아저씨는 제일 푹신해 보이는 의자에 앉았다.

"자, 그럼 이제 집으로 돌아가시죠."

돌이 테이블 위에 놓인 작은 나무 상자를 가리켰다.

"집으로? 어떻게?"

그때였다. 바닥에 끈적이는 무언가가 철퍼덕하고 떨어지는 소리가 나더니 찰싹이는 소리가 규칙적으로 울렸다. 피아는 '들려요?' 하는 표정으로 아저씨를 바라봤다. 아저씨는 어깨를 으쓱였다.

"아, 시간이 됐나 보군. 어이, 개구리. 완성됐어?"

돌이 한쪽 길을 향해 외쳤다.

나비 넥타이를 맨 노란 개구리가 안개를 뚫고 나타났다. 개구리는 사람처럼 두 다리로 서 있었는데 유난히 긴 다리를 구부려 엉덩이가 땅에 닿을 듯 쪼그려 앉더니 스프링처럼 2~3미터를 점프해 왔다.

"응, 제비의 왕이 주문한 '행운의 안개'가 완성됐개-굴. 요즘 자주 주문이 들어오개-굴. 누가 부러진 제비의 다리를 또 고쳐줬나개-굴."

개구리는 황금색 주머니를 흔들며 다시 다리를 구부려 쪼그려 앉았다.

"언제로 보내야 하는지는 알고 있지?"

개구리는 정확히 테이블 앞에 착지했다.

"주문 내역을 확인 안 했을까개-굴? 1752년 3월 14일, 위치는 48592341개-굴."

개구리는 작은 종이를 흔들더니 주머니를 나무 상자에 던져 넣었다.

"난 간개-굴. 이제 '춤바람 안개' 작업해야개-굴."

"미르산 산신령님 또 잔치 여신대? 역시 노는 데는 정말 타고난 도사라니까. 그분은 정기 구독하라 그래도 춤바람 안개 더는 주문 안 한다고 하시면서 매달 다른 이름으로 주문 넣으시더라. 그래봤자 같은 주소인데 우리가 모르는 것도 아니고."

개구리는 어깨를 으쓱하더니 찰싹이는 소리를 내며 왔던 길과는 반대편 길로 사라졌다.

"자, 그럼 다시 본론으로 돌아갈까요?"

돌이 피아를 마주 보고 섰다.

"방금 개구리가 안개 배달한 거 보셨죠? 같은 방법으로 보내드릴 거예요. 안개 배달 상자에 들어가시면, 시간과 공간의 흐름을 느끼지도 못한 채 집에 도착하실 거예요."

"날 배달한다고? 아니지, 방금 뭐가 배달됐다고?"

"네, 이미 행운의 안개 배달이 끝났어요. 보세요."

돌이 상자를 바닥에 내려놓았다. 분명 개구리가 황금색 주머니를 던져 넣었는데 상자 안은 텅 비어 있었다. 상자에 구멍이 뚫려 있는 것도 아니었다.

"후추님께서는 거주지로 보내주라고 하셨는데 괜찮으신가요? 사시는 곳이 햇살가득마을 가온누리 기슭 '나나 약방' 맞으시죠?"

"어… 맞아. 그건 어떻게 알아?"

"혹시 도착했으면 하는 시간이 있으신가요?"

"시간? 가는 데 오래 걸려?"

피아는 잊힌 것들의 동굴에서 헤매던 걸 떠올렸다.

"아뇨. 눈 깜짝할 사이에 도착하실 거예요. 잊힌 것들의 동굴은 세상에 존재하는 모든 시간과 장소와 연결되어 있어요. 그래서 원하는 시간에 도착하게 해드릴 수 있어요. 예를 들면, 가장 인상적이었던 폭설 때라든지 혹은 그때로부터 1년 전으로 보내드릴 수 있죠. 선택하기 어려우시다면 최근 거주지를 떠나셨을 때로 돌아가시길 추천합니다. 그럼 아무 일도 일어나지 않은 것처럼 느껴지거든요."

돌덩이가 뭐라고 하는지 영 이해하기가 어려웠다. 원하는 시간에 보내준다고? 하긴 집채만 한 늑대를 봤고, 상자에 넣었던 주머니는 사라졌고, 하물며 눈앞에 말하는 돌도 있는데 무슨 일인들 일어나지 못할까. 그럼 마을에 안개가 내려오기 전으로 돌아갈 수 있는 건가? 모든 일이 일어나기 전으로?

"마을에 안개가 내리기 전으로 갈 수 있어?"

"당연하죠. 그때를 원하시는 건가요?"

안개가 내리기 전으로 간다면 마을 사람들은 물론이고 할머니도 아프지 않을 것이다. 피아가 고개를 끄덕이려는 순간, 아저씨가 돌덩이 뒤에서 세차게 도리질했다. 피아는 주춤했다.

"만약 돌아갔다가 시간이 지나면, 다시 안개가 나타날까?"

"일어날 일은 당연히 일어나죠. 원인이 바뀌지 않는 한 결과는 바뀌지 않아요."

과거로 돌아간다고 해도 바뀔 게 없다고? 그렇다면 아직 집으로 돌아갈 수 없다. 더군다나 벌써 몇 번이나 죽을 고생을 했는데 온 목적을 달성하지 못하고 떠날 수는 없었다.

"아니, 문제를 해결하기 전에는 집에 갈 수 없어. 지금은 안 돼."

피아는 '지금'이라는 단어에 힘을 줬다.

"그건 후추님의 지시와는 다릅니다. 후추님께서는 깨어나시는 대로 바로 집으로 돌려보내라고 하셨습니다."

"그 후추라는 사람은 내가 여기 왜 왔는지도 모르잖아. 난 여기 볼일이 있어서 왔다고."

"정정하자면 후추님은 인간이 아닙니다. 혹시 안개를 주문하러 오셨나요?"

안개를 주문한다고? 누가 안개를 살 거라는 생각은 하지 못했다. 하긴 명색이 '공장'이니 안개를 사러 오는 손님도 있겠지. 피아는 솔직하게 아니라고 대답했다.

"손님이 아니라면 외부인이 안개 공장에 올 이유는 없습니다. 빨리 배달 상자에 들어가시죠."

돌이 피아를 배달 상자 쪽으로 밀었다.

"어휴, 안내자. 융통성이라고는 해변의 모래알보다 없어서."

아저씨가 혀를 끌끌 찼다.

"아, 왜 이래. 난 안 간다니까."

피아는 자리에서 버티며 있는 힘껏 돌을 밀었지만, 돌은 꿈쩍도 하지 않았다. 오히려 피아가 상자 쪽으로 밀리기만 했다. 아씨, 이거 정말 돌이잖아.

"안내자, 말로 하자. 얘 바로 안 가도 되잖아. 무슨 사정인지 말은 들어봐야지."

아저씨가 돌을 뒤에서 잡아당겼다. 두 사람이 들러붙어도 역부족이었다. 이런 게 달걀로 바위 치는 격이겠거니 싶었다. 피아의 발뒤꿈치가 상자에 닿았다. 꼼짝없이 집으로 보내지게 생겼다. 어떻게 온 곳인데 이렇게 허무하게 돌아갈 수는 없었다.

"이거 놔! 후추, 그 후추라는 사람-"

순간 후추가 사람이 아니라고 했던 말이 기억났다.

"아, 그 사람 아닌 존재 좀 불러와 봐. 나 볼일이 있다니까!"

피아가 꽥 하고 소리 지르는 순간, 돌이 피아를 밀었다. 피아는 중심을 잃고 상자 쪽으로 넘어졌다.

"안 돼!"

나나 할머니의 인자한 얼굴과 유령 마을이 되어버린 마을의 모습이 스쳐 지나갔다.

05

❀

검은 옷을 입은 남자아이

"모두 동작 그만."

투명하고 낮은 목소리가 울려 퍼졌다.

넘어지던 피아도, 피아를 밀던 돌도, 돌을 잡아당기던 아저씨도 모두 사진처럼 움직임을 멈췄다. 심지어 머리카락도 허공에 붕 뜬 채 움직이지 않았다.

뚜벅이는 구두 소리가 점점 가까워졌다. 피아는 눈동자조차 돌릴 수 없어 다가오는 게 뭔지 알 수 없었다.

시야에 가장 먼저 들어온 것은 까만 구두였다. 까만색을 좋아하는지 까만 바지에 까만 망토까지 걸치고 있었다. 누가 요즘 바닥에 끌릴 만큼 긴 망토를 하고 다니는 거지?

"왜 이렇게 시끄러워? 한 명씩 말하게 해줄 테니까 요점만 말해."

망토 주인의 말이 끝나기가 무섭게 피아의 몸이 제멋대로 움직였다. 상자 쪽으로 쓰러지던 몸은 중력을 거슬러 꼿꼿이 세워졌고, 두 발은 상자에서 떨어진 쪽으로 움직였다. 무릎이 저절로 접히더니 의자에 앉았다. 눈앞에는 처음 보는 남자애가 있었다.

남자애는 망토와 바지, 구두뿐만 아니라 양말도, 셔츠도, 심지어 턱까지 오는 단발머리도 새까맸다. 반대로 얼굴은 새하얬다. 굳게 다문 입, 오똑한 콧날, 자신이 입은 옷처럼 까만 눈과 또렷한 눈썹. 얼굴만 봐서는 피아보다 두세 살 많아 보였다. 앳된 얼굴에는 웃음기가 전혀 없었다.

"먼저, 안내자."

남자아이는 시냇물같이 맑지만 차가운 목소리로 말했다.

"전 단지 집으로 보내라고 하셔서 보내려고 했을 뿐입니다."

돌이 대답했다.

"수집가님은?"

"안내자가 사정도 안 들어보고 보내려고 해서 저는-"

"요점만 말하라고 했을 텐데요."

남자아이가 아저씨의 말을 잘랐다.

"그럼 결론은 이 인간 여자애 때문에 소동이 일어났다?"

남자아이가 피아 쪽으로 걸어오더니 무릎을 굽혀 피아와 눈을 맞췄다.

"용케 깨어났네. 물귀신 밥이 될 줄 알았는데 살아나더니, 유리

속에 영원히 갇히지도 않고 자신의 영혼을 구해냈군. 어떻게 했지? 평범한 인간 같은데."

유리? 그러면 그게 꿈이 아니었던 거야? 물귀신이라니?

"쳇, 본인도 모르나 보군. 그래서 볼일은? 안개를 사러 왔어?"

남자아이의 질문이 끝남과 동시에 피아의 입이 빗장 풀린 것처럼 자유로워졌다.

"아니, 그게 아니라-"

"요점만. 한 문장으로 말해."

피아의 입은 다시 제 것이 아닌 양 움직이지 않았다.

"아니면 안개를 훔치러 왔나?"

피아는 아니라고 말하고 싶었지만 말이 나오지 않았다. 아무리 애를 써도 입이 열리지 않았다.

"만약 구해줘서 고맙다고 말하려는 거라면 들었다고 해주지."

남자아이가 어깨를 으쓱였다. 움직일 수 있었다면 피아는 세차게 고개를 내저었을 것이다.

"그럼 왜 왔지?"

남자아이의 짙은 눈썹이 '한 문장으로 말해'라고 말하는 것 같았다. 피아의 입이 다시 가벼워졌다. 단어를 신중하게 선택해야 한다. 피아는 스스로에게 주문을 걸었다.

"우리 마을의 안개를 없애줘."

배 속 깊은 곳에서부터 뜨거운 기운이 올라왔다.

"마을에 안개가 내린 이후로 마을 사람들이 이상해졌어. 웃음이 끊이지 않던 마을이었는데 이젠 아무도 웃질 않아. 눈에 초점도 없고, 내 말도 못 듣는 것 같고, 다들 이불 속에서 나오지 않아. 심지어 우리 할머니도 이상해졌어."

그동안 피아는 한 번도 나나 할머니의 상태에 관해 말하지 않았다. 입 밖으로 꺼내면 할머니가 변해버린 게 사실이 될 것 같았고, 원래대로 되돌릴 수 없을 것 같았다. 두 눈이 뜨거워지더니 눈물이 맺혔다.

피아가 집을 떠나 이렇게 오랫동안 혼자 돌아다닌 건 이번이 처음이었다. 나나 할머니가 일러준 대로 잊힌 것들의 동굴을 찾아왔다. 늑대도 만나고 유리 상자에도 갇혔지만, 결국 안개 공장까지 왔다. 그런데 지금 누군지도 모르는 남자애 앞에서 질질 짤 수는 없었다. 피아는 두 눈에 힘을 줬다.

남자아이는 피아를 빤히 쳐다봤다. 눈을 깜박이지도 않았다.

왜 저렇게 쳐다보는 거야? 불편하게. 피아는 질세라 눈을 부릅뜨며 남자애를 응시했다.

"우리가 해결해줄 문제는 아닌 것 같은데. 그게 우리 책임도 아니고."

"우리 할머니는 안개 공장으로 가라고 했어. 이유가 있었을 것 같은데 도와줄 수 없어?"

"없어. 그럼 볼일 끝난 것 같으니 잘 돌아가."

남자아이가 손가락을 휘젓자 피아의 몸은 왔던 길을 되돌아 안개 배달 상자로 향했다. 피아는 필사적으로 반대 방향으로 움직여 보려 했지만 몸은 피아의 것이 아닌 양 계속해서 상자 쪽으로 움직였다. 이대로 몇 발자국만 가면 집으로 돌아가게 된다.

나나 할머니는 왜 안개 공장으로 가라고 했을까?

할머니가 무얼 바랐는지는 모르겠지만 이렇게 떠날 수는 없었다. 적어도 해결할 방법이 있으니까 가라고 하지 않았을까? 순간, 피아의 머릿속에 아저씨가 안개 공장에서 일하고 있다는 말이 떠올랐다.

"이거 봐! 아직 나 말 안 끝났어. 그럼 여기서 일을 시켜줘!"

피아의 몸이 제자리에 멈춰 섰다. 또각거리는 구두 소리가 나더니 눈앞에 남자아이의 얼굴이 다시 나타났다. 피아의 심장이 밖으로 튀어나올 것처럼 빠르게 뛰었다.

"보수도 안 받을게. 공짜로 일을 해준다고. 너도 알다시피 마을로 돌아가도 내가 할 수 있는 게 없어. 그냥 먹여주고 재워주기만 하면 돼."

이대로 할머니를 포기할 수 없어요. 신이 있다면 저한테 기회를 주세요. 저 여기 있게 해주세요. 피아는 마음속으로 빌었다.

남자아이는 말없이 피아의 두 눈을 응시했다. 새까만 눈동자가 이상하게 낯이 익었다. 어디서 보았을 리가 없는데도.

남자아이는 픽 하고 냉소적인 웃음을 지었다.

"그게 정말 네가 원하는 거야?"

몇 발자국 떨어진 곳에는 피아를 즉각 마을로 되돌려보낼 수 있는 마법의 상자가 있었다. 눈앞에는 피아의 운명을 결정할 권한이 있는 남자아이가 있었다.

"응!"

남자아이는 다시 흰 도화지 같은 얼굴로 돌아갔다.

06

*

안개 공장

"안개 공장에 와서, 그것도 후추님께 한다는 말이 뭐? 안개를 없 애달라고요? 그게 말이나 되는 소리예요?"

자유롭게 움직일 수 있게 되자 돌은 피아에게 달려들었다.

"안내자. 내가 결정한 일이야. 공장에 관한 기초 교육 진행하고 바로 일 시켜. 어차피 청소 못하면 쫓아낼 거야."

"네, 후추님."

대답을 하고 나서도 돌은 계속 구시렁거렸다.

어디서 이런 배짱이 생겨난 거지? 피아는 자신이 말하고도 크 게 놀랐다. 제안이 손쉽게 받아들여졌다는 것도 의외였다. 긴장이 풀렸는지 다리가 후들거렸다. 고작 며칠 사이에 어른이 된 것 같 았다.

"후추님, 제가 전에 부탁드린 안개는 쓸 수 없을까요?"

아저씨가 허리를 숙이며 후추라는 남자아이에게 다가갔다.

"전 도와준다는 말은 하지 않았습니다."

"아이 후추님, 또 왜 그러세요? 제가 더 잘할게요. 꿈 더 많이 수집해 올게요."

조카뻘은 될 남자아이에게 아저씨는 연신 허리를 굽혔다. 남자아이의 키가 어찌나 큰지, 옆에 있는 아저씨가 마치 어른 옆에 선 어린아이처럼 보였다.

쟤가 뭐라고 다들 저렇게 쩔쩔매는 거야? 저 거만한 태도는 또 뭐고. 공장 주인의 아들이라도 되는 거야? 그렇다고 저렇게 오만하게 굴어도 되는 거야? 피아는 팔짱을 끼고 미간을 찌푸렸지만, 입 밖으로 말을 꺼내진 않았다.

"그럼 이쪽으로 따라오세요, 청소부님."

돌이 피아에게 손짓했다.

"청소부라니. 내 이름은 수피아야. 편하게 피아라고 불러줘."

"잠깐."

후추가 피아를 불러 세웠다. 피아의 심장이 고장난 것처럼 쿵쾅거렸다. 설마 다시 마을로 돌아가라는 건 아니겠지? 애 성격도 나쁜데 변덕까지 심한 거 아냐? 피아는 최대한 천천히 몸을 돌렸다.

"왜?"

"넌 왜 멀쩡한 거지?"

이건 또 무슨 소리일까.

"너도 네 마을에서 안개를 마주쳤을 텐데 왜 괜찮은 거야? 그 안개가 효력이 없진 않았을 텐데."

피아야말로 궁금했다. 왜 마을 사람들이 아픈데 자신은 괜찮은 걸까? 그런데 '그 안개'라니? 설마… 마을의 안개가 여기서 만들어진 걸까? 몸이 부들부들 떨리고 눈가가 촉촉해졌다. 피아, 침착해.

"지금도 봐. 안개가 공장을 가득 메웠는데 넌 아무런 영향도 받지 않는 것 같아. 그것도 맨몸에."

후추가 두꺼운 마스크로 입과 코를 가리고 커다란 고글을 쓴 아저씨를 가리키며 말했다. 그에 반해 피아는 맨얼굴에 평소와 같은 가벼운 차림이었다.

"우리 마을에 내린 안개, 여기서 만들어진 거 맞지? 그런데도 책임이 없다고?"

정신이 온통 안개에 쏠려 후추의 말을 흘려들은 피아가 말했다.

"또 그 얘기야? 그야 주문한 사람 책임이지. 안개 공장에서 책임질 문제가 아니야."

무책임하다 못해 냉소적인 말투였다. 피아는 주먹을 불끈 쥐고 후추를 쏘아봤다.

"책임이 없다고? 너희가 만들었잖아!"

"우린 주문 받은 안개는 무조건 만들어야 해. 네 문제를 해결할 권한도 없고…. 싫으면 일하기로 한 거 무르고 집으로 돌아갈래?"

후추가 안개 배달 상자를 가리켰다.

그럴 순 없었다. 피아는 씩씩거리며 숨을 크게 들이쉬었다. 그래, 내가 참자.

"그럼 후추님, 저희 일하러 가겠습니다. 청소부님은 이쪽으로 따라오시면 하실 일을 설명해드릴게요."

돌이 끼어들었다. 돌은 여전히 피아를 청소부라고 불렀다.

후추는 피아를 바라보다 가볍게 고개를 끄덕였다.

"청소부가 아니라 피아라고. 수피아."

"청소부님, 그럼 제가 안개 공장에 관해 설명해드리겠습니다. 우리 공장의 정식 명칭은 '잊힌 것들의 동굴에 있는 안개 공장'으로…"

"어휴, 진짜."

가뜩이나 화나는데 돌은 피아의 말을 듣지 못한 것처럼 행동하며 신경을 긁었다. 피아는 '이놈의 돌덩이가'라는 말이 나오려는 걸 간신히 참았다.

돌은 자신을 **안내자**라고 소개했다. 안개를 사러 온 고객들을 안내하는 일을 맡고 있다고 했다. 안내하는 안내자라니. 참 돌다운 작명이었다.

"여기서 이름은 아무런 힘을 내지 못해."

피아에게 다가온 아저씨가 말했다.

"왜요?"

"우린 잊힌 것들의 동굴에 있으니까."

"그게 왜요?"

"여기가 어떤 곳인지 정말 아무것도 모르고 온 거야?"

피아가 고개를 끄덕였다. 아저씨는 피아를 물끄러미 보더니 한숨을 내쉬었다.

"여기 있는 것들은 이름이 없어. 안내자도 그렇고 후추님도 그렇고 아까 본 개구리도 그렇고. 다들 하는 일이나 종족 이름으로 불려. 그래서 나는 수집가, 너는 청소부로 불리게 되지."

아저씨가 주위를 두리번거리더니 목소리를 낮췄다.

"나중에 자세히 설명해줄게. 중요한 건 여기서 안전하게 나가려면 네 이름을 잊어선 안 돼. 네가 누구인지도. 난 미치야. 미치 데프레. 넌 수피아라고?"

"네."

"평소에는 수집가님이라고 부르고 우리 둘이 있을 때는 미치 아저씨라고 부르렴. 나도 단둘이 있을 때는 피아라고 부를게."

"청소부님, 이쪽입니다."

안내자가 피아를 불렀다.

"나도 일하러 가봐야겠다. 잘해보자고."

미치 아저씨는 눈을 찡긋하더니 왔던 길을 되돌아갔다.

"분명 평범한 인간인데."

안내자를 따라가는 피아를 보며 후추가 중얼거렸다.

07
*
안개 기계

"안개 주문을 받으면 우린 그때부터 필요한 것들을 준비해요. 대부분은 주문 제작이거든요. **르띠따**들이 안개 재료를 수집해 오면, **도깨비**들이 다듬어서 숙성시킨 뒤에 안개 기계를 통해 주문받은 제품을 만들어내는 거죠."

"이야기 속에 나오는 르띠따? 마법 방망이를 휘두르는 도깨비?"

"도깨비들이 마법을 쓰는 건 맞지만 이제 방망이는 쓰지 않죠. 지금이 어느 시대인데."

안내자는 짤막한 손을 내저으며 돌로 된 혀를 쭉 내밀었다.

진짜 르띠따와 도깨비가 있다고? 그리고 마법이라니. 하긴 말하는 돌도 있는데 뭐든 가능하겠지. 피아는 앞으로 마주할 것에 대한 기대로 가슴이 콩닥거렸다.

아니지. 수피아, 정신 차려. 놀러 왔어? 할머니는 아파 누워 있는

데 기뻐하고 있다니. 피아는 잠깐이라도 들뜬 자신이 미웠다.

안내자가 거대한 기계 앞에 멈춰 섰다. 조약돌, 갈대, 물비린내가 어우러진 기계는 음침한 강가에 온 듯한 분위기를 풍겼다. 기계는 물소리를 내며 강물이 흐르듯 움직였다.

"이건 안개 공장 스테디셀러인 '물안개'를 만드는 기계예요. 시대를 막론하고 물귀신 분들이 많이 찾으시죠. 햇빛이 쨍쨍 비치는 강에 자리 잡으셨다고 수십 개씩 주문하시기도 하고, 늪지대에 사시는데도 음산한 기운이 부족하다면서 주문하시기도 하고…. 덕분에 이 기계는 공장이 지어진 이래 멈춘 적이 없죠."

"이게 내가 당했다는 그 안개야?"

피아는 축축한 느낌이 떠올라 몸을 부르르 떨었다.

"아, 그것도 물안개였죠. 그건 좀 특별한 안개였어요. 물귀신의 영혼이 담긴 안개였는데, 물귀신 분들이 살아 있는 존재를 강바닥으로 끌고 내려가는 걸 흉내 냈더라고요. 안개 사냥꾼들은 어디서 그런 음흉한 안개를 구해 오는지."

안내자가 무슨 말을 하는 건지 이해하기 어려웠다. 피아는 유리 상자에 다시 갇히기라도 할까 봐 빠르게 기계를 지나쳤다.

갈림길이 나왔다. 왼쪽 길에 서 있는 나무 팻말에 '이쪽'이라고 쓰여 있었다. 오른쪽 길은 어두운 데다 안개 기계도 거의 없고 이상할 만큼 조용했다. 팻말도 없었다. 안내자는 왼쪽 길로 들어섰다.

"반대쪽 길은 어디로 향하는 거야?"

"아…. 거긴 청소부님이 들어갈 일은 없을 거예요."

안내자는 돌멩이로 된 눈알을 굴리며 말끝을 흐렸다. 안내자의 얼굴에서 모래가 후드득 흘러내렸다.

"뭐 하는 곳인데?"

피아의 배꼽 높이에 오던 안내자가 몸을 길게 늘이더니 피아의 얼굴 앞에 제 얼굴을 들이밀었다.

"무슨 일이 있어도 오른쪽 길로는 혼자 가시면 안 돼요. 절대."

"왜?"

"고약한 르띠따들도 있고…. 르띠따는 굉장히 불쾌한 존재예요. 만약 공장에서 우연히 마주치면 꼭 피하세요! 친절한 것 같아도 절대 믿지 말고요."

안내자의 몸이 다시 줄어들었다.

"아무튼 오른쪽으로는 절대 가면 안 돼요. 잘못 들어갔다가 큰일 날 수 있어요."

안내자의 얼굴에서 계속 모래가 흘러내렸다.

수상했다. 나나 할머니는 단 한 번도 르띠따가 나쁜 존재라고 말하지 않았다. 르띠따들의 성격이 아무리 나쁘다고 해도 가지 말라고 신신당부를 하는 데에는 뭔가 다른 이유가 있는 것 같았다.

"아, 여기서는 '웃음을 터뜨리게 하는 안개'가 만들어져요."

안내자는 화제를 바꾸듯 한 안개 기계 앞으로 뒤뚱거리며 달려 갔다. 우스꽝스럽게 생긴 인형이 움직이고 있는 기계에서는 깔깔거리는 소리가 끊임없이 흘러나왔다.

"이 기계는 '금전 운을 가져오는 안개'를 만들고요."

안내자가 황금색으로 번쩍이는 기계를 가리키며 말했다. 피아는 안내자를 따라가면서 나중에 오른쪽 갈림길을 꼭 가봐야겠다고 다짐했다.

몇 개의 안개 기계를 지나면서 피아는 아기자기한 장식들로 뒤덮인 기계에서는 '할머니들과 고양이들이 편안하게 낮잠을 잘 수 있는 안개'가 만들어지고 지독한 냄새가 나는 기계에서는 '고약한 일을 벌이는 안개'가 만들어진다는 걸 배웠다. 비슷하게 생긴 안개 기계는 하나도 없었다. 기계를 보는 것만으로도 어떤 안개가 만들어질지 대충 짐작할 수 있었다.

이윽고 안내자가 한 기계 앞에서 걸음을 멈췄다. 거대한 톱니바퀴 여러 개가 맞물려 돌아가고 셀 수 없이 많은 부품으로 이루어진 기계였다. 부품들이 움직이면서 아름다운 소리를 만들어냈다. 그러고 보니 안개 기계들은 자신이 만드는 안개와 비슷한 성격의 소리를 냈다.

"기계가 음악을 연주하면 안개가 만들어지는 거야?"

피아의 질문에 안내자는 몸을 부둥켜안다시피 하고 깔깔 웃었다. 그 모습이 동그란 바위처럼 보여 금방이라도 굴러갈 것 같았다.

왜 웃는 거야? 내가 뭘 잘못했다고? 피아는 입을 쭉 내밀었다.

"아, 정말 죄송합니다. 그런 웃긴 얘기는 처음 들어서요."

안내자가 눈에서 모래를 닦아냈다.

"일반적인 안개 기계는 이미 설정된 방식으로 움직이는 거라 연주라고 부르지 않아요. 그냥 작동하는 거죠. 후추님께서 직접 조작하시는 것만 **연주**라고 불러요. 후추님의 연주는…."

안내자는 두 손을 모으고 넋이 나간 얼굴로 허공을 보며 말을 이었다.

"황홀 그 자체죠."

그러더니 고개를 양쪽으로 흔들었다.

"여하튼 익숙해지실 때까지 안개 기계는 만지지 않는 게 좋겠어요. 뭐 하나라도 잘못 만지면 후추님께서 크게 화를 내실 거예요. 민감하시거든요."

피아는 후추의 얼굴을 떠올렸다. 무슨 생각을 하는지 감을 잡을 수 없던 그 무표정한 얼굴로 화를 낸다면 무섭긴 하겠다.

"기계는 건들지 마시고 기계 주변에 있는 안개 재료 가루만 한쪽에 모아주세요. 기계가 깨끗해야 안개가 오류 없이 잘 만들어지거든요. 들어가면 안 되는 재료가 있기라도 하면! 으으."

안내자가 몸을 후들댔다. 돌이 부딪히는 소리가 나더니 모래가 흘러내렸다.

"고객들 불만에 변상은 그렇다 쳐도 소문이 잘못 나는 날에는."

안내자는 손을 들어 제 목을 긋는 시늉을 했다.

"후추님의 명성에 누가 될 수는 없어요. 우리 안개 공장에서 그런 일이 일어난 적은 한 번도 없지만, 그렇게 문 닫은 공장이 한둘이 아니거든요."

안내자는 두 손을 내저었다.

"일단 여기까지예요. 익숙해지시면 다른 구역도 안내해드릴게요. 저는 예약 손님이 오실 때가 돼서 이만 가볼게요."

안내자는 피아에게 빗자루와 먼지떨이를 쥐여주고 떠났다.

갑자기 혼자가 되니 이상했다. 나나 할머니의 멍한 눈빛, 오싹할 정도로 조용했던 마을이 떠올랐다. 내가 뭘 할 수 있을까…. 마음이 무거웠다. 할머니라면 뭘 했을까? 언덕을 쏘다니며 약초를 찾던 할머니의 모습이 눈에 선했다. 마을에 퍼져 있는 안개를 만드는 기계를 찾으면 뭔가 해결책이 떠오르지 않을까?

피아는 빗자루와 먼지떨이를 내려놓고 안개 기계 사이를 기웃거렸다. 귀신 나올 것 같은 흉가처럼 생긴 기계를 지날 땐 뛰다시피 했다. 김이 모락모락 나고 맛있는 냄새를 풍기는 기계도 있었는데, 그 기계 앞을 지날 땐 배에서 요란한 꼬르륵 소리가 났다.

얼마 가지 않아 피아는 거대한 안개 기계를 마주쳤다. 이끼와 오래된 낙엽으로 덮여 있는 기계의 각 부분은 나뭇가지나 버섯과 비슷한 모양이었다. 목을 쭉 빼고 기계를 올려다보고 있자니 깊은 산속에 들어와 있는 것 같았다.

피아가 기계 쪽으로 다가가는 순간, 기계가 천천히 움직였다. 기계를 따라 안개가 내려왔다. 안개는 꼭 피아에게 이리 오라고 손짓하는 것 같았다. 말을 거는 것 같기도 했다. 피아는 안개에 손을 대 보고 싶어 가까이 다가갔다. 문득 가온누리 능선을 따라 내려오던 안개를 처음 봤을 때가 떠올랐다.

피아는 마당에 널어놓은 빨래를 걷으러 갔다가 가온누리 능선에 얹혀 있는 안개를 봤다. 안개는 능선을 따라 스멀스멀 산 아래로 내려왔다. 안개를 보고 있자니 어쩐지 가슴이 허전하고 무거워서 피아는 뒷걸음질 쳤다. 그러자 안개도 다시 산 위로 올라갔다. 살랑거리며 움직이는 게 마치 피아에게 말을 거는 것 같았다. 놀란 피아가 약방에 있던 나나 할머니를 부르자, 안개는 누군가 뒤에서 빨아들이기라도 한 것처럼 부자연스럽게 가온누리 너머로 사라졌다.

꼭 그때처럼 피아는 뒷걸음질 쳤다. 그러자 안개는 내려오던 것을 멈추고 거꾸로 올라갔는데, 마치 보이지 않는 힘에 끌려가는 것 같았다. 그러다 다시 내려오더니 기계 중간쯤에서 멈췄다. 피아가 마을로 내려오는 안개를 봤을 때처럼 말이다!

피아의 심장이 콩닥콩닥 뛰었다. 마을을 뒤덮었던 안개가 분명했다. 그럼 이제 뭘 해야 할까? 미치 아저씨가 떠올랐다. 왠지 아저씨라면 도와줄 것 같았다. 피아는 아저씨와 마지막으로 헤어졌던 길을 찾아 다짜고짜 뛰었다. 모퉁이를 돌다가 피아는 누군가와 부

덮쳤다.

"죄송합니다."

고개를 들었는데 사나운 독사처럼 날카롭고 섬뜩한 눈빛을 가진 남자가 피아를 노려보고 있었다. 목덜미가 선득했다.

남자는 머리부터 발끝까지 검은 옷을 입고 있었다. 호리호리한 체격에 검은 옷차림. 까무잡잡한 얼굴과 긴 검을 차고 있다는 것만 빼면 후추라고 해도 믿을 것 같았다.

검객인가? 요즘도 검을 차고 다니는 사람이 있나? 다른 세계에서 온 사람인가?

머리를 묶긴 했지만 긴 앞머리가 얼굴을 가리고 있었다. 머리카락 사이로 남자의 볼에 난 커다란 상처가 얼핏 보였다. 남자의 한쪽 입꼬리가 올라갔다. 기분이 묘했다.

"고객님의 상황에는 크게 세 가지 제품을 권해드립니다."

바로 근처에서 안내자의 목소리가 났다. 남자가 고개를 돌렸고, 그 틈을 타 피아는 뛰었다.

"'겁에 질리게 하는 안개'는 다른 사람들을 도망치게 하거나 심지어는 미치게 할 수 있죠. 그리고 '눈을 멀게 하는 안개'는 사람들의 눈을 멀게 할 수도 있고 고객님이 원하는 아주 무서운 장면을 보여줄 수도 있는 안개입니다. 마지막으로 '속고 속이는 안개'는 여러 사람을 동시에 상대할 때 아주 유용합니다. 특히 어느 장군께서 섬에서 사용하신 걸로 유명한데…"

안내자의 말이 더는 들리지 않았다. 피아는 요동치는 가슴을 부여잡았다. 잘못한 것도 없는데 왜 떤 거지? 검객의 서늘한 눈빛이 눈앞에 아른거렸다. 다시는 마주치고 싶지 않은 눈빛이었다. 이럴 때가 아니지. 피아는 미치 아저씨를 찾아 다시 뛰었다.

미치 아저씨는 손님들이 막 나간 돌문 사이로 들어왔다.

"아저씨, 저 마을 사람들을 괴롭히는 안개를 찾았어요."

피아는 아저씨를 붙잡고 자신이 본 안개와 안개 기계를 설명했다.

"혹시 안개 기계가 엄청나게 크지 않았니? 작은 산처럼?"

"네, 맞아요. 곳곳에 거대한 나무 같은 게 있고 바닥엔 오래된 낙엽이 깔려 있어서 꼭 산에 온 것 같았어요."

"혹시 무슨 기계인지 안내자한테 물어봤니?"

"아니요."

"피아야, 그건 네가 찾는 기계가 아닌 것 같아."

아저씨가 목소리를 낮췄다.

"그건 '산안개' 기계인 것 같아. 산안개는 주로 산신령이나 산 요정이 주문한다고 했어. 남에게 해를 입히는 안개가 아냐. 산 밖에서는 무용지물이기도 하고. 혹시 네 마을이 산속에 있니?"

피아는 고개를 저었다. 가온누리라면 모르겠지만 햇살가득마을은 평야에 있었다.

"그럼 어떤 안개일까요? 꼭 찾아야 해요."

미치 아저씨는 주위를 둘러보더니 거의 들리지 않는 목소리로 속삭였다.

"그래서 안개 공장에 남아 일한다고 한 거니?"

"네."

"찾으면?"

"찾으면 어떻게든 되겠죠."

"너도 참 대책 없구나. 일단 내일 나랑 같이 공장 밖으로 나가자. 거기서 더 얘기해줄게."

아저씨는 한숨을 푹 내쉬었다.

08

❋

잊힌 꿈

이튿날 마치 아저씨가 찾아왔다. 한 손에는 잘 익은 수박 크기의 장갑을 끼고 다른 손에는 작은 유리병을 들고 있었다. 유리병 안에는 주먹만 한 구슬 하나가 있었다. 피아가 뭐냐고 묻자 아저씨는 지켜보라고 말하는 듯한 표정을 지었다.

두 사람은 거대한 돌문을 지났다. 아저씨는 돌문이 안개 공장의 정식 입구라고 했다. 돌문을 지나자 평범한 동굴이 나왔다.

"후추 걔는 뭔데 그렇게 버릇이 없어요? 아저씨한테 말하는 태도도 그렇고."

피아는 가장 궁금했던 것을 물었다.

"넌 정말 아무것도 모르는구나. 여기서는 공장 주인을 **후추**라고 불러. 뭐든 후추님의 말에 의해 결정되지."

"그 어린애가요? 저보다 나이도 별로 많아 보이지 않던데."

피아는 작게 탄성을 내질렀다. 기껏해야 두세 살 많아 보이는 남자애가 공장 주인이라고? 그래서 모두가 그 애 앞에서 쩔쩔맸던 거야?

"여기서는 눈에 보이는 걸 믿으면 안 돼."

아저씨는 한숨을 내쉬었다.

"어제 네가 말했던 거 생각을 좀 해봤는데, 만약 안개 기계를 찾는다고 해도 뭘 할 수 있을까? 구매자가 주문하면 결국은 안개가 만들어질 텐데."

"구매한 사람을 찾아야 한다는 말이에요?"

"구매자가 계속 주문하는 한 할 수 있는 게 없을 거야. 그리고 구매자가 사람이 아닐 수도 있어. 공장으로 직접 오지 않고 주문할 수도 있고. 대체 어쩌자고 안개 공장에 남기로 해서…."

아, 산신령이나 물귀신도 안개를 주문한다고 했지….

아치 하나를 지나자 주위가 어두워졌다. 아저씨가 들고 있던 구슬에서 빛이 나왔다. 아저씨의 표정까지는 보이지 않아도 움직임은 보이는 정도의 약한 빛이었다. 피아는 넘어지지 않는 데 온 신경을 집중하며 걸었다. 그런데 그들 뒤로 터벅터벅하는 소리가 들렸다.

"아저씨, 뭐가 따라오는 것 같아요."

피아는 아저씨 등 뒤로 바짝 붙었다.

"아, 저건 날 도와주는 수레야. 날 따라다니면서 수집품을 운반

해.”

“아저씨를 수집가라고 부르던데…. 동굴에서 무언가를 찾으시는 거예요?”

“응. 눈치가 빠르구나.”

“뭘 찾으시는데요?”

“이따 첫 번째 수집품을 찾으면 보여줄게. 지금은 빛나는 것이라고만 알고 있어.”

“동굴에 혼자 다니면 위험하지 않아요? 뭐가 갑자기 달려들거나 공격하면 어떡해요?”

불빛이라도 환해야 하지 않나? 앞이 잘 보이지 않는 상태로 돌아다니는 게 안전해 보이지 않았다.

“공격? 잊힌 것들의 동굴에는 생명체가 살지 않아.”

미치 아저씨는 소리 내 웃었다.

“하지만 전 늑대도 마주쳤는 걸요.”

늑대의 날카로운 이빨을 떠올리자마자 오싹한 기분이 들었다.

“네가 맞닥뜨렸다던 안개 사냥꾼? 그자가 정말 무섭게 생겼더냐?”

피아는 그렇다고 대답했다. 안개 사냥꾼인가 뭔가 하는 그 짐승은 꿈에서도 다시 보고 싶지 않았다. 떠올릴 때마다 소름이 끼쳤다. 아저씨 등 뒤에 너무 바짝 붙어 걸었는지 자꾸만 아저씨 발뒤꿈치를 밟았다.

"충분히 공장에서 멀어졌으니 이제 이곳이 어떤 곳인지 설명해줄게. 내가 이름을 기억해야 한다고 말했던 거 기억하니?"

공장 안에 있는 것도 아닌데 아저씨는 목소리를 낮췄다. 가뜩이나 힘없는 목소리가 낮아지기까지 해 알아듣기가 어려웠다. 피아는 발뒤꿈치를 들고 최대한 아저씨 곁에 붙었다.

"여긴 인간에게 잊힌 것들로 이루어진 동굴이야. 즉, 어떤 사람이 무언가를 잊어버리면 이 동굴 어딘가에 탄생하게 돼. 그게 어릴 때 가지고 놀던 장난감일 수도 있고, 이제 더는 필요하지 않은 물건일 수도 있어. 여기까지 이해했니?"

아저씨는 유리병을 들어 동굴 벽을 비췄다. 부서진 나무 상자가 보였다. 그러니까 피아가 동굴에 처음 들어왔을 때 손을 대기도 전에 부서진 물건들은 더는 필요하지 않아 동굴에 버려진 물건이었다. 그래서 형체를 알 수 없을 정도로 낡고 망가져 있었던 것이다.

"네, 이해했어요."

"그런데 여기에는 단지 물건만이 아니라 인간이 잊은 모든 것이 있어."

"모든 것이요? 또 어떤 게 있는데요?"

"그건 차차 알게 될 거다. 그럼 묻자. 이곳에 생명체가 존재할 수 있을까?"

만약 살아 있는 존재가 이 동굴 안에 있다면 그건 그 존재를 아는 모든 사람이 잊었다는 뜻일까? 만약 모든 사람이 어떤 강아지를 잊어버리면 이 동굴 어딘가에 그 강아지가 나타나는 건가? 그게 가능한가? 어려운 질문이었다.

"잘 모르겠어요."

"사실 나도 잘 모르겠더라. 후추님은 이 동굴에 살 수 있는 건 안내자 같은 안개 공장 직원밖에는 없다고 말했지. 나는 말이야. 만약 이곳이 인간의 무관심으로 만들어진 곳이라면 신이 인간에게 다른 생명체를 이 공간에 가둘 능력까지는 주지 않은 게 아닐까, 단지 인간이 잊었다는 이유만으로 이 동굴에서 살아가야 한다면 그거야말로 인간의 오만함이 아닐까 생각했어."

아저씨의 말은 피아가 이해하기에 너무 어려웠다. 그렇지만 만약 자신이 무언가를 잊었기 때문에 그것들이 이런 으스스한 동굴에서 살아가야 한다면 너무 미안할 거라는 생각이 들었다. 다 부서져가는 것들에 둘러싸여 있는 건 기분 좋은 일이 아니다.

"그럼 아저씨나 저는 공장 직원이라서 여기 있을 수 있는 거예요?"

"우린 공장을 찾아온 손님들처럼 안개 공장에 볼일이 있어 온 외부인일 뿐, 공장 직원이 아니야. 외부인이 동굴에 있는 건 굉장히 위험해. 여기 있는 동안 우리는 인간 세계에 속하지 않게 되거든."

"그게 왜 문젠데요?"

"그러다 세상 사람 중에 우리를 기억하는 사람이 아무도 없어지면 어떻게 되겠니?"

"이 동굴에 생겨요? 아, 생명체는 동굴 안에 있을 수 없다고 했죠."

어려운 질문이었다. 피아가 아무 말 없이 생각에 잠기자 아저씨가 말을 이었다.

"인간 세상에도 존재하지 않고 그 누구도 우리를 기억해주지 않는다면 우리는 그대로 사라지게 돼. 피아야, 잘 들어라. 뭐가 됐든 하루빨리 네 목적을 이뤄서 여길 떠나야 해. 아니면 영원히 사라질 수도 있어."

"그럼 지금은 사람들이 저를 기억하기 때문에 아직 있는 거예요?"

"적어도 내가 아는 바로는 그렇단다."

피아와 아저씨는 한동안 말없이 동굴을 걸었다.

나나 할머니와 마을 사람들의 얼굴이 스쳐 지나갔다. 그들은 하나같이 멀리 떠나버린 것 같은 느낌을 풍겼다. 어쩌면 이미 많은 걸 잊어버렸을지도 몰랐다. 자신을 잊어버리는 건 시간문제일지도…. 단순히 마을을 구할 해결책만 찾으면 되는 줄 알았는데 사람들이 잊기 전에 나가야 한다니. 마음이 급해졌다.

그런데 미치 아저씨는 왜 이런 위험을 무릅쓰고 여기에 있는 걸까? 피아는 아저씨에게 이유를 물었다.

"가족을 만나야 하거든."

"다들 어디 있는데요?"

"…그건 나중에 말해줄게. 어! 피아야, 움직이지 말아라. 수집품을 찾은 것 같다."

아저씨가 유리병을 옷 속에 숨겼는지 갑자기 동굴이 어두워졌다.

"오른쪽에 빛나는 게 보이니?"

무언가 어렴풋이 빛났다. 잠시 후 우당탕하는 소리가 들리더니 단감과 저녁노을이 떠오르는 오묘한 빛이 피아에게 다가왔다. 구슬이었다.

"이게 뭐예요?"

"잊힌 꿈".

"네?"

"왜 사람들을 가슴 뛰게 하는 **꿈** 있잖아. 뭐가 되고 싶다든지, 한 분야에서 최고가 되겠다든지 하는 거. 이건 사람들한테 잊힌 꿈이야. 수레야, 가까이 와라."

저벅저벅 소리가 들리더니 그들 뒤를 쫓아오던 수레가 모습을 드러냈다. 나무로 된 평범한 소풍 바구니에 피아만 한 기다란 다리가 여섯 개 붙어 있었다. 수레는 각각의 다리를 자유자재로 움직이더니 아저씨 옆에 붙어 섰다. 다리가 구부러지고 바구니가 아저씨의 허리춤 높이로 내려왔다. 아저씨가 바구니 뚜껑을 열자 안에서 환한 빛이 쏟아져 나왔다. 다양한 색깔과 크기의 구슬이 들어 있는 깊고 둥근 유리병이 여럿 있었다. 이글거리는 태양을 연상케 하는 구슬부터 사막의 모래 같은 구슬, 밤하늘의 별빛 같은 구슬, 뭉게구름 같은 구슬, 녹색 풀잎 같은 구슬 등 구슬들은 저마다 독특한 빛을 냈다.

"와! 이게 다 꿈이에요? 이걸 왜 모으는 거예요?"

"꿈으로 공장 안을 밝힌단다. 이게 없었다면 햇빛 한 줄기 들지 않는 동굴에서 지내기 통 어려웠을 거야."

아저씨는 막 찾은 잊힌 꿈을 유리병 속에 넣었다.

"저건 뭐예요?"

피아는 수레 한쪽 구석에 놓인 검은 천을 가리켰다.

"이건 후추가 특별히 수집하는 꿈."

아저씨가 천을 걷자 나무 상자가 나왔다. 상자 안에는 평범해 보이는 구슬이 있었다.

"그냥 구슬 같은데요. 빛도 안 나고…."

"그래서 **꺼져가는 꿈**이라고 불러. 꿈이 죽어가는 거래. 왜 꿈이 죽는지는 나도 몰라. 참 이상해. 어떻게 한때는 가슴 뛰게 만든 꿈을 잊을까?"

아저씨는 한숨을 작게 내쉬었다.

"아저씨는 꿈이 뭐예요?"

"나? 가족들 만나는 거."

"가족들이요?"

"응. 이제 공장으로 돌아갈 시간인 것 같다. 수레야, 가자."

수레는 다리를 가볍게 떨더니 제자리에서 천천히 돌았다. 그러고는 저벅저벅 걷기 시작했다. 아저씨는 수레를 뒤따라갔다.

가족 이야기만 나오면 화제를 돌리는 게, 아저씨에게도 사연이 있어 보였다. 피아는 아저씨 뒤를 쫓았다.

09
*
단서 찾기

"햇살가득마을에 어떤 안개가 있는 거야?", "마을을 되돌릴 방법이 있어?", "수집가님처럼 마스크랑 고글을 쓰면 마을 사람들이 안개의 영향을 받지 않을까?", "안개를 누가 주문했는지 알 수 있을까?"

피아는 안내자를 따라다니면서 질문을 퍼부었다. 그때마다 안내자는 주문서라고 적힌 서류철을 꼭 쥐면서 같은 말을 반복했다.

"그건 비밀 유지 조항에 따라 말씀드릴 수 없습니다."

거절만 계속 듣다 보니 온몸에 힘이 쭉 빠졌다. 도대체 누가, 어떤 이유로, 어떤 안개를 주문한 건지 전혀 감이 잡히지 않았다.

피아는 새로운 방법을 쓰기로 했다. 청소 도구를 챙긴 다음 안내자와 가장 가까운 안개 기계에 몸을 숨겼다. 그리고 모든 감각을 동원해 안내자가 하는 말을 엿들었다.

"멀리 여행 가신다고요? 그럼 '몸을 가리는 안개'가 유용하겠네요. 호신용 상품으로 모험가분들 사이에서 인기 만점입니다. 다른 사람에게 몸이 보이지 않을 거예요. 동에 번쩍 서에 번쩍하던 도사분들도 많이 쓰셨어요."

"동생분이 괴롭힌다고요? 그럼 '놀려주기 안개'가 적당하겠군요. 서쪽 나라 숲 요정들이 애용하는 안개예요. 못살게 구는 사람들에게 복수는 하고 싶지만 저주를 퍼붓고 싶진 않고, 작은 장난을 치고 싶은 경우에 사용한답니다."

안내자는 매번 손님에게 딱 맞는 안개를 찾아주었다. 안내자라는 역할이 괜히 주어진 게 아니었다. 손님들 중에 피아가 아는 사람은 없었다. 꽤 많은 손님이 찾아왔지만 아무 소득이 없었다. 목소리가 잘 들리지 않는 손님도 많았고, 대화를 엿듣는 데 성공해도 대부분은 피아가 모르는 언어를 사용하는지 알아들을 수 없었다. 어디서 본 것 같은 사람도 없었다. 인간 손님들은 마스크에 고글까지 써서 얼굴이 잘 보이지 않았다. 하물며 온몸이 털로 뒤덮여 있어 누구인지 전혀 감을 잡을 수 없는 손님이나 산신령을 피아가 어떻게 안단 말인가?

'구매자가 계속 주문하는 한 할 수 있는 게 없을 거야.'
'그 누구도 우리를 기억해주지 않는다면 우리는 그대로 사라지게 돼.'

미치 아저씨의 말이 떠올랐다. 공장에 남기로 한 게 잘한 일인지 의심스러웠다. 만약 안개를 주문한 사람을 찾지 못하면 어떻게 되는 건지, 주문한 사람을 찾아도 그 사람이 계속 주문하겠다고 하면, 아니, 그 전에 사람들이 피아를 잊어버리면 어떻게 되는 건지…. 무거운 생각이 꼬리에 꼬리를 물고 이어졌다. 이대로 마을로 돌아간다고 해도 해결되는 건 하나도 없었다.

할머니는 어떻게 안개 공장을 알고 있었지? 왜 여기 오면 해결할 수 있다고 한 거지?

답을 찾을 수 없는 질문투성이였다. 할 수 있는 게 아무것도 없는 것 같았다. 피아의 몸이 축 처졌다.

피아는 한쪽에 쌓인 안개 재료 가루 위에 작은 원을 그렸다. 거기에 가늘고 긴 꽃잎을 하나씩 붙이자 피아가 제일 좋아하는 꽃이 완성됐다. 기분이 편안해졌다. 기분이 꿀꿀할 때 좋아하는 것을 그리면 기분이 나아진다고 알려준 건 유한 오빠였다. 몇 주 전부터 오빠가 마을에서 보이지 않았다. 아버지인 촌장 아저씨와 큰 갈등이 있었다는 소문이 나돌 뿐, 정말로 무슨 일이 있었는지는 아무도 몰랐다.

오빠 어디 있을까? 오빠 괜찮을까? 약방에 약방에 올 때마다 고장 난 문이며 녹슨 지붕을 고쳐주곤 했는데…. 무슨 문제가 생기면 늘 앞장서서 해결책을 찾아주던 오빠이니, 오빠도 안개를 없앨 방법을 찾고 있는 게 아닐까? 어딘가에는 자신처럼 고군분투하고 있는 사람이 있을 거라는 생각에 조금이나마 힘이 났다. 피아는 벌떡 일어나 다시 한 번 단서를 찾아 손님들 사이를 기웃거렸다.

며칠이 지나도 피아는 작은 단서 하나 찾지 못했다. 그나마 떠오른 게 첫날 안내자가 가지 말라고 했던 갈림길이었다. 아무리 생각해도 그날 안내자는 좀 수상했다.

"안내자가 가지 말라고 했으면 이유가 있지 않을까? 르띠따들은 엄청 잔인하고 매정하대. 오죽하면 르띠따들이 안개 재료를 구하는 걸 '사냥'한다고 표현할까? 걔들은 호랑이도 맨손으로 잡는다고, 안내자가 나한테도 르띠따들을 마주치면 무조건 피하라고 했어."

미치 아저씨는 피아를 말렸다.

아저씨의 말이 마음에 걸리긴 했지만, 피아는 유일한 단서를 따라가보기로 했다. 안내자에게 들키지 않도록 몸을 최대한 낮춘 채 안개 기계 사이로 살금살금 걸을 때였다.

"청소부님! 봄의 신이 오신대요!"

어디서 튀어나왔는지 눈앞에 안내자가 나타났다. 피아는 다리가 풀려 주저앉았다.

"안내자⋯. 휴."

"잉? 왜 그러세요? 다리가 빠졌어요?"

안내자는 다리를 한쪽씩 상체에서 떼었다 붙였다.

"아니야…. 봄의 신? 봄 여름 가을 겨울 할 때 그 봄? 신도 안개를 사러 와?"

피아는 심호흡을 하며 자리에서 일어났다.

"'봄을 알리는 안개'를 구하러 오시는 거개-굴."

첫날 마주쳤던 노란 개구리가 두 다리로 폴짝폴짝 뛰어다녔다. 후추가 맞춤 안개를 만든다면, 개구리는 카탈로그에 실려 있는 정형화된 안개를 만들었다.

"봄을 알리는 안개라고?"

"이제 바빠지겠거미."

피아는 머리 바로 위에서 들리는 거미의 목소리에 소스라치게 놀랐다. 기계 수리공인 거미가 불쑥불쑥 나타날 때마다 피아는 펄쩍 뛰며 두근거리는 가슴을 진정시켜야 했다. 다행히 더는 비명을 지르지 않지만, 여전히 거미의 검은 다리에 나 있는 굵은 털을 보면 온몸에 소름이 돋았다.

"봄을 알리는 안개는 '생명을 일깨우는 안개'라고도 해요. 지나간 자리에 꽃과 싹이 피기 시작하고 겨우내 잠들었던 짐승들도 깨어나거든요. 태양이 방문하는 시간이 길어지면서 날도 따뜻해지죠."

"그런데 봄은 아직 멀지 않았어?"

햇살가득마을에는 이제 막 긴소매를 입기 시작하는 가을이 찾아왔다.

"공장이 어느 시간과도 연결되어 있다는 거랑 관련된 거야? 어딘가는 봄이니까?"

"그랬으면 항상 만들고 있겠죠. 봄을 알리는 안개는 특수한 안개예요. 봄의 신께서 가져다주시는 재료가 아니면 만들 수 없는 데다 시간이 오래 걸리고 까다로운 작업이라, 가온누리에 겨울이 시작될 때쯤부터 만들기 시작해요. 새로 발령 온 봄의 신께서 매년 공장을 직접 찾아와 재료를 가져다주세요. 덕분에 매년 후추님의 연주를 들을 수 있어요!"

신이 안개를 주문하러 온다니! 새삼 안개 공장이 대단해 보였다.

"새로 발령을 받았다고?"

"그럼요, 신이라고 계속 같은 자리에 있을 순 없잖아요. 1000만 년에 한 번씩 바뀌는데 이번엔 예외였대요. 15년 전에 발령받아 오셨어요."

15년 전이면 피아가 태어난 해다. 같은 일을 1000만 년 동안이나 한다면 대체 무슨 기분일까?

안내자는 봄의 신을 맞이할 준비를 해야 한다며 뒤뚱거리며 사라졌다. 안내자가 사라지자 피아는 갈림길을 찾아 움직였다. 안내자가 어디선가 다시 튀어나올까 봐 온 신경을 곤두세우고 두리번거리며 걸었다.

갈림길이 나타나자, 피아는 재빨리 팻말이 없는 오른쪽 길로 빠졌다. 길을 따라갈수록 안개 기계의 크기는 점점 작아졌고 수도 적어져 몸을 숨길 곳이 없어졌다. 다행히 어두워져서 쉽게 들킬 것 같지는 않았다. 피아의 발소리 말고는 아무 소리도 들리지 않았다. 단조로운 길을 걷자니 하품이 나왔다.

마침내 길이 끝나고 아치로 된 입구가 나왔다. 그 앞에는 알록 달록한 나무판자 세 개가 세워져 있었다.

'르띠따들의 동굴'

'절대 조용'

'외부인 절대 출입 금지. 절대! **절대 출입하지 마시오.**'

표지판을 보고 있자니 미치 아저씨와 안내자의 경고가 떠올랐 다. 안내자는 정말 르띠따 때문에 이 길로 오지 말라고 한 걸까?

그래도 여기까지 왔는데 뭐가 있는지는 보고 가자. 피아가 입구 로 얼굴을 삐쭉 내민 순간, 펑 하는 폭발음이 들리더니 무언가가 쓰러지고 부서지는 소리가 연달아 났다. 르띠따들의 동굴 입구가 연기로 가득 찼다.

"르띠따들? 무슨 일이에요?"

피아는 동굴 안으로 달려 들어갔다. 아무것도 보이지 않았다. 매 캐한 연기가 피아의 눈과 코를 가렸다. 눈물이 핑 돌았다. 피아는 콜록대면서도 안쪽을 향해 외쳤다.

"거기 아무도 없어요? 괜찮아요?"

대답은 없었다.

"거기 르띠따예요? 괜찮아요?"

피아가 빛 쪽으로 발을 내딛는 순간, 번쩍하며 동굴이 밝아졌다.

기다란 귀에 흰 몸, 거친 털. 얼핏 토끼처럼 생긴 괴물이 있었다. 피아의 몇 배는 될 만한 덩치에 눈에서는 붉은 빛이 나왔다. 새하얀 괴물이 피아 쪽으로 성큼성큼 걸어왔다. 도망가야 하는데 몸이 움직이지 않았다.

도대체 이 괴물은 뭐지? 연기를 너무 많이 마신 걸까, 눈앞이 흐려지더니 어느 순간 까맣게 변했다.

10

❀

르떼따들

피아가 눈을 떴을 때 눈앞에는 양초 한 무더기가 있었다. 양초는 피아가 조금만 움직여도 닿을 거리에 있었지만 뜨겁지 않았다. 이상한데? 피아의 눈꺼풀이 스르르 감겼다.

피아가 다시 눈을 떴을 때, 이번에는 낯선 풍경이 보였다. 높은 천장, 알록달록한 문. 꿈을 꾸고 있는 걸까?

눈꺼풀이 중력을 이기지 못해 다시 감기는데 귓구멍에 누군가 소리를 빽 질렀다.

"미쳤어? 뭐 하자는 거야?"

피아는 비명을 지르며 벌떡 일어났다. 온몸의 세포 하나하나가 경고 신호를 받은 것 같았다.

"큰일 날 뻔했잖아. 안개 사냥꾼이 오는 날인데 왜 그 앞에서 나

잡아가라 소리를 지르고 있냐고?"

윙윙거리는 소리가 피아의 머릿속을 메웠다. 뭔가로 두들겨 맞은 듯 머리가 지끈거렸다.

"우리가 널 제때 데려와서 망정이지. 안개 사냥꾼이 어떻게 했거나 연기를 다 마셨으면 어쩌려고. 후추님도 그렇지, 아무리 그래도 안개 사냥꾼들을 동굴에 들이다니. 우리 르띠따들은 반대야, 반대."

"르띠따?"

양초라고 생각한 것은 르띠따들의 모자였다. 이야기에서처럼 르띠따들은 뾰족모자를 쓰고 있었다. 가늘고 길쭉한 귀와 뾰족한 모자는 꼭 가파른 산봉우리처럼 보였다.

피아에게 말을 건 르띠따 말고도 다른 르띠따가 넷 있었는데, 그들 각각은 머리끝부터 발끝까지 한 가지 색 옷차림이었다. 이를테면 피아 앞에서 신경질적으로 화를 낸 르띠따는 뾰족한 모자도 파란색, 양말과 신발도 파란색, 손에 든 카드도 파란색이었다. 노란 옷을 입은 르띠따는 노란 주전자로 노란 잔에 노란 차를 따랐고, 주황색 옷을 입은 르띠따는 주황색 털실로 뜨개질을 하고 있었다. 각각 초록색 옷과 갈색 옷을 입은 르띠따 둘은 장기를 두고 있었는데, 장기 패 색깔은 물론 초록색과 갈색이었다.

피아는 르띠따들을 그들이 입은 옷 색깔로 구분하기로 했다. 르띠따들도 그러는 것 같았다.

"어이, 초록이. 옆에 있는 실 좀 넘겨줘."

주황 르띠따가 초록 르띠따에게 말했다. 초록 르띠따는 장기판에서 눈을 떼지 않은 채 주황 르띠따에게 주황색 실을 건네줬다. 르띠따들은 키가 별로 크지 않은데 모자의 뾰족한 끝이 피아의 어깨높이 정도밖에 오지 않았다.

"여기가 어디야?"

피아는 천장이 높고 널따란 동굴을 둘러봤다. 앞에는 세상에 있는 모든 색을 모아둔 듯한 두 언덕이 마주 보고 있었다. 한쪽 언덕 꼭대기에서는 보라색 옷을 입은 르띠따가 보라색 물뿌리개를 들고 화단에 물을 주고 있었다.

"기억 안 나? 동굴 입구에서 '나 잡아가세요' 소리를 지르고 있었잖아."

갈색 르띠따가 장기 패를 내려놓았다. 입이 툭 튀어나오고 목소리에 날이 서 있는 게, 화가 난 모양이었다.

그럼 여기가 동굴 안인가? 입구에서 본 것과는 사뭇 달라 보였다.

"왜 안개 사냥꾼이 오는 시간에 고래고래 소리를 지르고 있었냐니까?"

파랑 르띠따가 따졌다.

"안개 사냥꾼?"

피아는 전에 본 새하얀 늑대를 떠올렸다. 아까 본 괴물 토끼도 안개 사냥꾼이라는 건가? 안개 사냥꾼이 온다는 얘긴 듣지 못했다. 물론 안내자가 가지 말라고 한 곳을 제멋대로 기웃거리기는 했지만, 몰라서 그랬을 뿐인데 억울했다.

"난 안개 사냥꾼이 오는 줄 몰랐고, 너희 동굴에 있을 줄은 더더욱 몰랐어. 폭발 소리가 나서 걱정돼서 들어왔을 뿐이야."

피아는 '걱정'에 힘을 주어 말했다.

"그리고 너희가 하는 일이 안개 재료를 수집하는 거라면서 왜 안개 사냥꾼이 필요한 거야? 너희가 못 하는 것도 있어?"

피아의 말에 르띠따들이 일제히 동작을 멈추고 피아를 응시했다. 정적이 이어지다 문득 물소리가 났다. 차를 따르고 있던 노랑 르띠따의 노란색 잔에서 노란 차가 흘러넘쳤다. 좀 멀리서도 물소리가 났는데, 보라 르띠따가 멍한 표정으로 계속 같은 구역에 물을 주고 있었다. 파랑 르띠따가 씩씩거리며 코를 벌렁거리는 것을 보니 피아가 르띠따들을 자극한 게 틀림없었다.

"우리 르띠따들은 못 하는 게 없어. 우리 르띠따들은 재료 수집의 일인자라고."

파랑 르띠따는 카드로 탑을 쌓고 있었는데, 콧바람에 카드 탑이 무너졌다.

다른 르띠따들은 "맞지", "그럼"이라고 말하며 고개를 끄덕였다.

"우리 르띠따들은 안개를 만들 때 필요한 재료를 수집해. 공장의 안개는 대부분 우리가 수집해 온 재료로 만드는 거야. 반면에 안개 사냥꾼은 이미 세상에 존재하는 **희귀 안개**를 사냥해. 고대의 주문으로 만들어진 안개도 있고, 지상에 더는 존재하지 않는 희귀한 재료들로 만들어진 안개도 있어. 이런 건 그 누구도 만들 수 없어. 그냥 이 세상에 존재할 뿐이지. 그래서 이런 희귀 안개는 그걸 손에 넣은 안개 사냥꾼으로부터 사들여."

주황 르띠따가 뜨개질을 멈추고 말했다.

"뭐, 안개 사냥꾼들이 안개 외에도 요상한 물건을 수집한다는 소문이 있긴 해. 안개뿐만 아니라 돈이 될 만한 건 뭐든 사냥하러 다닌다고 말이지. 후추님께서 꼭 그것들도 거래하는 것 같단 말이야…."

갈색 르띠따가 갈색 차를 움직여 초록색 포를 잡았다. 초록 르띠따는 몸을 좌우로 흔들었다.

"쉬잇!"

주황 르띠따가 신경질적으로 소리쳤다.

"아 왜! 후추님 이상한 수집벽 있는 건 다들 아는 사실이잖아. 도대체 꺼져가는 꿈을 가지고 뭘 하시려는 건지…."

갈색 르띠따가 목소리를 높였다.

"안개 사냥꾼은 어떻게 생겼어? 진짜 못생겼어?"

초록 르띠따가 눈을 깜빡이며 물었다. 돋보기안경을 써서 그런지 초롱초롱한 눈이 더 커 보였다.

"응, 토끼를 닮긴 했는데…. 토끼처럼 귀엽다는 말은 아니야. 눈에서 빨간 빛이 나오는 게 괴물 같았어. 다신 보고 싶지 않아. 너흰 안개 사냥꾼이 어떻게 생겼는지 몰라?"

"후추님 말곤 사냥꾼들이랑 마주친 존재가 없을걸? 후추님께서 절대 마주치지 말라고 신신당부하기도 했고, 사냥꾼들이 말썽이라도 피우면 통제할 수 있는 게 후추님밖에 없으니까."

주황 르띠따가 털실에 눈을 고정한 채 말했다.

"하여튼 올 때마다 우리 르띠따들의 동굴을 써서 이만저만 불편한 게 아니야. 오늘처럼 막 연기에, 불에, 뭘 부숴놓고 해서 우리 물건을 다 숨겨놓는데도. 정말 예의라는 걸 모르는 종족이란 말이야."

파랑 르띠따가 말하면서 연신 콧바람을 내뿜는 바람에 카드 탑이 계속 무너졌다. 다른 르띠따들이 고개를 격하게 끄덕였다. 파랑 르띠따는 "에잇!" 소리치며 땅을 내리쳤다.

"왜 너희 동굴을 사용하는데?"

피아가 물었다.

"쟨 정말 질문이 많구나. 시끄러운 안내자가 좋아하겠네."

파랑 르띠따가 다시 처음부터 카드 탑을 쌓으며 중얼거렸다. 피아에게 말했다기보다는 혼잣말인 것 같았다.

"그야 **시간의 통로**가 여기 있기 때문이지."

갈색 르띠따가 패를 움직이며 말했다.

"잊힌 것들의 동굴 외부를 오갈 수 있는 통로야. 원하는 안개 재료를 구하러 갈 때 유용해."

피아가 멍한 표정을 짓자 주황 르띠따가 설명을 덧붙였다.

"공장 입구 같은 거야?"

"뭐 비슷해."

"왜 다른 고객들처럼 입구를 이용하지 않고?"

"넌 정말 아무것도 모르는구나. 그들이 어디서 오는지도."

갈색 르띠따가 기분 나쁘게 낄낄거렸다.

"알지 못하면 모르는 게 좋아. 그래도 공장에 올 때만 르띠따들의 동굴을 써서 다행이지."

노랑 르띠따가 차를 홀짝이며 말했다.

"갈 때는?"

"나 왔다."

피아의 목소리는 동굴 내부에 울려 퍼진 다른 목소리에 묻혔다. 저벅거리는 소리와 함께 동굴 바닥에 진흙 발자국이 찍혔는데, 이상하게도 발자국 말곤 아무것도 보이지 않았다.

"뭐야, 저건?"

피아가 자리에서 벌떡 일어났다.

"아, 출장 간 황금이가 돌아왔군."

주황 르띠따가 털실로 뜨던 무언가를 완성했는지 조용히 여러 번 살펴보다 새로 매듭을 만들기 시작했다.

"보, 보이지 않는데?"

"어이, 황금이 얼굴 좀 보여주지."

갈색 르띠따가 피아와 르띠따들을 지나 알록달록한 문으로 향하는 발자국을 향해 외쳤다.

"나?"

허공에 얼굴과 목이 나타났다. 오른쪽 볼에 커다란 금색 점이 있었다. 몸은 보이지 않았다.

"뭐, 뭐, 뭐야 저건?"

"황금이라니까. 에잇!"

5층까지 쌓였던 파랑 르띠따의 카드 탑이 다시 무너졌다.

허공에 둥둥 뜬 얼굴은 그대로 2층의 금빛 문으로 향했고, 문이 열렸다 닫히면서 사라졌다. 잠시 후 머리끝부터 발끝까지 금색 옷을 입고 나타난 르띠따를 보고도 피아의 입은 다물어지지 않았다. 오른쪽 볼에 금색 점이 있는 걸 보니 아까 본 르띠따와 같은 르띠따가 틀림없었다.

"몸이 아까는… 없었는데?"

"아까는 사냥 작업복을 입고 있었으니까. 가져왔어?"

초록 르띠따가 대꾸했다.

"응. 애를 좀 먹긴 했는데, 가져왔어. 내가 누구냐."

금색 르띠따가 웃으면서 뭔가를 내보였다. 금색 르띠따가 가까이 와서야 피아는 그게 배춧잎을 먹고 있는 작은 달팽이라는 걸 알 수 있었다.

"97%의 습도와 18.6도의 온도에서 비가 그친 직후 고랭지 배춧잎을 먹고 있는 3.6cm의 달팽이가 필요했는데 겨우 찾았지 뭐야."

"이젠 기다리는 일만 남았군. 장군."

갈색 르띠따가 초록 르띠따를 쳐다보며 입꼬리를 올렸다.

"뭘 기다려?"

"황금이가 구해야 하는 재료는 저 달팽이의 똥이거든. 배춧잎을 먹이고 기다리면 원하는 재료가 나오겠지. 이번 안개 재료는 워낙 까탈스러워서 애를 먹고 있어. 아직도 다섯 르띠따가 돌아오지 않았어."

주황 르띠따가 고개를 절레절레 저었다.

"아마 걔네는 엄청 애먹을 거다. 그나마 나는 쉬운 편이었어. 오랫동안 비를 맞고 서 있었더니 좀 춥네."

금색 르띠따가 몸을 부르르 떨었다.

"차 한잔해."

노랑 르띠따가 노란 주전자를 손끝으로 툭툭 쳤다.

금색 르띠따는 아치들로 이뤄진 반대편 언덕으로 걸어갔다. 무수히 많은 아치 중 금색 아치로 들어가더니 금색 탁자를 들고 나와 그 위에 달팽이를 올려놓고 유리병으로 덮었다. 그러고는 다시 아치로 들어가 금색 걸레를 들고 나와 바닥을 닦기 시작했다. 금색 르띠따는 금방 청소를 끝마치고 금색 찻잔과 금색 책을 가지고 노랑 르띠따 옆으로 가 앉았다.

"저기, 아까 몸이 보이지 않았잖아. 어떻게 한 거야? 도깨비들의 마법 같은 거야?"

'도깨비'라는 단어가 나오자 르띠따들이 일제히 피아를 쳐다봤다.

"우리 르띠따들은 그런 허튼 걸로 일하지 않아. 우리가 얼마나 성실한데 수작이나 부리는 도깨비들이랑 비교하는 거야?"

"아까 말해줬잖아. 작업복이라니까."

갈색 르띠따가 장기 패를 내려놓으며 대답했다.

"재료 구할 때 위장하기 좋게 몸을 숨기는 거야. 멍군."

초록 르띠따가 어깨를 들썩였다.

피아는 미치 아저씨가 르띠따에 대해 말했던 걸 떠올렸다. 호랑이를 맨손으로 잡는다는 건 뭐지? 재료 중에 호랑이가 필요했나?

"필요하면 호랑이도 잡아 오고 그래? 맨손으로?"

다시 일곱 르띠따가 하던 일을 멈추고 피아를 쳐다봤다.

"그건 지금까지 네가 한 소리 중에 가장 웃긴 농담이야."

하지만 금색 르띠따의 말에 웃음기라고는 전혀 없었다.

"안내자가 너희 르띠따들은 호랑이를 맨손으로 잡을 수 있다고 그랬대."

"뭔지 알겠다. 그거 고양이 털 구할 때 일 아니야? 그날 있잖아. 안내자가 동굴에 호랑이가 들어온 게 아닌가 계속 기웃거렸던 날. 재료 목록에도 없었는데 호랑이가 따라 들어왔다고 고래고래 소리 지르고 그래서 우리 르띠따들이 장난 좀 쳤지."

갈색 르띠따가 낄낄거리며 말했다.

"맞아, 그날. 그 작자는 말이 너무 많단 말이야. 동굴로 돌아오면 쉬어야 하는데 너무 시끄럽게 굴어서 좀 골려줬지."

파랑 르띠따가 말하자 다른 르띠따들이 웃음을 터뜨렸다.

"우리 르띠따에게는 고요가 무엇보다 중요하거든. 워낙 긴장과 집중이 필요한 일이라."

주황 르띠따가 어깨를 으쓱였다.

피아는 나나 할머니와 약초를 다듬던 기억을 떠올렸다. 다루기 까다로운 약초가 있으면 말없이 손만 움직여 일했던 기억을.

"그날 고양이 털을 가져와야 했는데 평소처럼 가위로 조용히 채취할 수는 없었어. 고통이 수반된 재료가 필요했거든. 그래서 나랑 파랑이가 고양이 털을 뽑았지. 그 순간 고양이가 울어대면서 우리 둘을 할퀴려고 해서 바로 시공간의 통로를 열어서 들어왔는데, 고양이 울음소리도 같이 들어온 거야. 그걸 듣고 안내자가 호랑이다 뭐다 난리를 피우길래 내가 투명 작업복을 입고 장난 좀 쳐줬지. 그 뒤론 우리를 잘 안 마주치려고 해."

갈색 르띠따가 음흉한 미소를 지었다.

"덕분에 조용해져서 살겠어. 어찌나 시끄러운 녀석인지."

파랑 르띠따가 흐뭇한 미소를 지었다. 공들여 쌓던 카드 탑이 완성된 참이었다.

어떤 장난이었을지는 몰라도 안내자가 도망 다닐 정도라면 꽤 나 고생했을 것이다.

갈색 르띠따와 초록 르띠따가 장기 게임을 다섯 번 반복하고 주황 르띠따가 목도리까지 뜬 뒤에야 르띠따들은 피아를 동굴 입구까지 데려다줬다.

"아직 안개 사냥꾼이 공장에 있는 것 같으니까 보면 꼭 피해. 아니, 마주칠 일을 만들지 마."

갈색 르띠따가 신신당부했다.

"여기."

주황 르띠따가 주황색 양말과 목도리를 건넸다.

"이거 먹으면 공장에서 지내기 편할 거야."

보라 르띠따도 보라색 버섯을 내밀었다.

"자, 이제 우리 르띠따들의 임무는 끝. 여기서부터는 알지?"

피아가 인사를 하기도 전에 르띠따들은 동굴 속으로 사라졌다. 안내자도 그렇고 다들 자기 말만 하고 사라지는 게 안개 공장의 일상인가 싶었다.

미치 아저씨의 말을 듣고 인정사정없이 잔인한 존재일 줄 알았는데 피아가 본 르띠따들은 깨끗한 걸 좋아하고 차를 마시고 조용히 장기를 두는 등 자기만의 취미를 즐기는 고상한 수집가들에 가까웠다. 말수가 많지는 않았지만, 그렇다고 안내자가 말한 대로 나쁜 성품을 지닌 것 같지는 않았다. 심지어 화가 많아 보이는 파랑 르띠따와 갈색 르띠따까지 자신을 배웅해줬다는 사실에 피아는 기뻤다.

11
*
미치 아저씨의 비밀

"오늘은 잊힌 꿈을 다섯 개나 찾았어. 그중 한 개는 꺼져가는 꿈이었는데 울퉁불퉁한 데다 중간에 금이 가 있는 게 진짜 이상하게 생겼어. 그러고서 공장에 들어오는데 입구에서 후추님을 만났어. 직접 꺼져가는 꿈을 가지고 가더라. 한 번도 직접 꿈을 가져간 적은 없었는데…."

옆방에 지내는 미치 아저씨는 거의 매일 저녁 피아와 하루 일과를 나눴다.

"후추가요? 왜요?"

르띠따들에게서 후추가 꺼져가는 꿈을 모은다는 이야기를 전해 들은 터라 궁금증이 일었다.

"날 좀 가깝게 생각한 게 아닐까? 역시 그동안 심부름을 한 보람이 있어. 조만간 내 부탁도 들어줄 것 같아!"

미치 아저씨는 벌게진 얼굴로 침을 튀기며 말했다. 피아는 가방을 내려놓는 척 아저씨에게서 멀찍이 떨어지며 무슨 부탁인지 물었다. 아저씨는 입을 딱 다물었다. 무안해진 피아가 화제를 돌릴 겸 그날 있었던 일을 얘기했다.

"르띠따들은 좀 독특한 것 같아요."

피아는 주황색 목도리와 양말을 미치 아저씨에게 보여주었다. 보온이 잘돼서 축축하고 서늘한 동굴에서 사용하기 좋았다.

"보라 르띠따가 준 버섯은 먹으니까 몸이 따뜻해졌어요."

피아는 르띠따들이 안내자가 말한 것과 달리 두려워할 존재가 아니라고 덧붙였다.

"아, 그리고 생명을 일깨우는 안개인가? 그거 주문하러 봄의 신이 온대요."

"뭐? 그 안개를 만든다고? 안내자 어디 있어? 안내자!"

미치 아저씨는 피아의 말을 듣자마자 뛰쳐나갔다.

꽥꽥대는 안내자의 목소리를 따라가니 안개 기계 사이에서 안내자의 멱살을 쥐고 있는 아저씨를 겨우 찾을 수 있었다.

"생명을 일깨우는 안개는 수집가님이 찾으시는 '죽은 사람을 되살리는 안개'가 아니에요. 이건 귀신을 깨우는 일이랑은 다르다고요."

"뭐? 귀신? 이 돌멩이 녀석, 지금 우리 가족을 귀신이라고 부른

거냐?"

미치 아저씨가 주먹을 휘두르며 안내자에게 달려들었다. 몸집이 작은 아저씨는 한눈에 보기에도 싸움을 잘할 것 같지 않았다. 물론 아저씨가 근육질에 유단자라 해도 안내자를 상대로 폭력을 휘두르는 건 지혜로운 행동이 아니었다. 안내자는 손가락 하나 까딱하지 않고도 상대를 아프게 하는 능력이 있었기 때문이다. 돌이니까. 아저씨는 피투성이가 된 손으로 바닥을 치며 울었다. 피아는 마침 지나가던 개구리의 도움으로 아저씨를 숙소에 옮겨놓았다.

"아저씨, 왜 그러셨어요?"

피아는 엉망이 된 아저씨의 얼굴을 손수건으로 닦아내며 물었다. 푹 들어간 눈, 기다란 코, 두꺼운 입술. 가까이에서 아저씨의 맨얼굴을 보는 건 어색했다.

"너, 내가 꿈에 관해 얘기했던 거 기억하니?"

"가족들을 만나고 싶다고 하셨죠?"

아저씨는 '가족'이라는 단어를 듣자마자 흐느꼈다. 가족을 잃어버리신 걸까? 어쩌다? 피아는 피 묻은 손수건만 만지작거렸다.

"내 아내와 아들은, 둘 다 이미 죽었어."

피아는 놀라 손수건을 떨어뜨렸다.

"잃어버린 가족을 찾고 있던 게 아니었어요?"

"아내는 아이를 낳다 죽었고 아이는 두 살 생일을 며칠 앞두고 죽었어."

미치 아저씨의 입술이 바르르 떨렸다.

"…전쟁이 나서 모든 걸 잃었어. 부모도, 내 꿈도, 지금까지 해왔던 모든 노력이 한순간에 잿더미가 되었지."

아저씨는 한숨을 내쉬었다.

"망연자실해 있을 때 캐롤을 만났어. 지금도 기억나. 포근한 웃음을 지으며 아무것도 없던 나에게 손을 내밀던 그녀를…. 캐롤은 나에게 용기를 줬어. 열심히 살다 보면 다시 시작할 수 있을 거라면서 말이야."

그때를 회상하는지 아저씨는 미소를 지었다.

"자리 잡기까지 고생 많이 했어. 그래도 우린 서로가 있었고 다시 일어나겠다는 꿈이 있어 행복했지. 난 원래 옷을 만드는 재단사였어. 양품점을 차리려고 준비하던 중에 캐롤이 임신을 했고. 꿈만같았지. 여기저기서 일감을 받아 일하면서 아가를 맞이할 준비를했어. 우리 셋이 오순도순 잘살자고 다짐했지."

아저씨의 안색이 어두워지면서 눈망울에 눈물이 맺혔다.

"그런데 캐롤이 아이를 낳다 죽었어…. 아무것도 손에 잡히지 않았어. 괴로움에 빠져 허우적거리는데 글쎄 우리 톰이 캐롤의 까만 눈동자로 날 빤히 바라보는 거 있지. 캐롤 몫까지 열심히 살아서 톰과 행복하자고 다짐했어. 그런데 톰까지 데려갈 줄이야…. 아무것도 모르는, 아무 잘못 없는 톰을 데려가버렸어. 더 이상 내 곁에는 아무도 없어. 세상은, 신은 나에게서 양품점도, 부모님도, 내가 사랑했던 사람도, 내가 소중히 여겼던 모든 걸 빼앗아갔어. 차라리 날 데려가지."

미치 아저씨는 목 놓아 울었다.

피아는 나나 할머니의 눈에서 빛이 사라지던 모습을 떠올렸다. 할머니를 영영 잃는다면? 생각조차 하기 싫었다. 피아의 눈에도 금세 눈물이 차올랐다. 피아는 아저씨를 따라 엉엉 울었다.

한참을 울고 나서 피아는 아저씨에게 죽은 가족들을 어떻게 만나려고 하는지 물었다.

"죽은 사람을 되살리는 안개가 있대. 그걸 쓸 수 있게 해달라고 조르고 있어."

"그게 가능해요?"

"이 안개 공장에서 못 만드는 안개는 없대. 신이나 귀신들도 이곳에서 안개를 주문할 정도인데 쉽게 만들겠지. 영원히 사라질 각오로 잊힌 것들의 동굴까지 왔어. 어차피 난 캐롤이 아니었다면 지금까지 살아 있지도 못했어."

아저씨가 입술을 깨물었다. 입술에서 피가 흘렀다.

그날 밤 피아는 쉽게 잠들 수 없었다.

죽은 사람을 되살릴 수 있다고? 그럼 부모님을 다시 만날 수도 있는 걸까? 피아는 목걸이를 만지작거렸다. 목걸이는 부모님이 피아에게 남긴 유일한 유산이었다. 두 개의 원이 뫼비우스의 띠처럼 기이하게 이어져 있는 형태였는데, 끝나지 않는 원을 만지다 보면 이상하게 근심이 사라지는 것 같았다.

아저씨와의 대화를 생각하다 보니 네다섯 살 때인가, 시장 한복판에서 길을 잃었던 일이 불쑥 떠올랐다. 그때 피아는 사람들이 수군대는 소리를 들었다.

'수 씨 친손주가 아니라던데. 그래서 둘이 안 닮은 거래.'

'글쎄 누가 수 씨네 집 앞에 쟤를 버리고 갔대.'

'쟤는 태어날 때부터 엄마가 없었다는데.'

'그럼 쟤도 마녀야?'

이윽고 피아 또래의 아이가 와서는 '야, 엄마 없는 애'라고 놀렸다.

어린 피아는 그 자리에 주저앉아 울었다. 기억나는 건 나나 할머니가 벌게진 얼굴로 사람들에게 호통치던 모습이었다. 할머니가 누군가에게 화를 내는 걸 피아는 그날 처음으로 봤다.

그날 밤, 나나 할머니는 피아의 부모님이 피아가 갓난아이 때 하늘나라로 갔다고 말했다. 피아는 친구들의 부모님도, 마을의 연로한 할머니 할아버지들도 살아 있는데 왜 자신의 부모님만 일찍 세상을 떠났는지 이해하기 어려웠다.

'약방에 찾아오는 손님 중에 갓 태어난 아기도 있고 나이 많은 할머니 할아버지들도 있는 거 기억하지? 나이에 상관없이 누구나 다 아플 수 있어. 어떤 사람들은 오래 사는 것 같고 또 어떤 사람들은 일찍 죽는 것 같지만 결국 태어난 모든 존재는 언젠가는 죽는

단다. 모든 생명체라면 무조건 따라야 하는 규칙이야. 마을 정자 옆 나무도, 촌장댁 강아지도 예외는 없어.'

'그럼 부모님을 영영 볼 수 없는 거예요? 두 분은 영원히 절 떠난 거예요?'

'아니, 두 사람의 영혼은 항상 우리와 함께한단다.'

'영혼이요?'

'우리는 본래 영혼의 존재란다. 영혼이 잠시 인간의 몸을 빌리고 있는 거야. 다시 영혼으로 돌아갈 땐 누구든 몸을 반납해야 한단다. 네 부모도 마찬가지야. 몸이 사라졌어도 두 사람의 영혼은 항상 우리와 함께하고 있어.'

"영혼은 영원하다. 항상 우리 곁에 있다."

피아는 잠꼬대처럼 나나 할머니의 말을 반복하며 깊은 잠에 빠져들었다.

12

❀

대청소

그 후 며칠 동안 피아는 잠을 설쳤다. 미치 아저씨가 밤새 가족들 이름을 부르며 울었기 때문이다. 아저씨가 울 때마다 피아는 고민이 늘었다. 시끄러운 안개 기계 소음을 들으며 잘 것인지 아니면 아저씨의 울음 소리를 들으며 잘 것인지.

동굴의 단점은 소리가 잘 울려 퍼진다는 거였다. 어딜 가도 소음을 피할 수 없었다. 마음 같아서는 그만 좀 울라고 부탁하고 싶었지만, 막상 퉁퉁 부은 아저씨의 눈을 보면 입이 떨어지지 않았다. 매일 아저씨는 물먹은 솜처럼 온몸을 축 늘어뜨린 채 공장 입구로 걸어갔다. 피아는 저러다 아저씨에게 무슨 일이 일어나는 게 아닌지 걱정됐다.

그날따라 공장은 분주했다. 개구리는 안개 기계 사이를 뛰어다니면서 쉴 새 없이 개굴거렸고 거미는 그런 개구리를 따라다니며 연신 거미줄을 쳤다.

"우히히히." "크크켁켁." "깔깔깔깔." "하샤샤샤."

특히 도깨비들의 웃음소리로 정신이 없었다.

도깨비들은 가죽옷 차림에 마법의 방망이를 들고 다니고 머리에는 뿔이 달려 있을 줄 알았는데, 실제로 보니 키가 크다는 것 말고는 햇살가득마을 사람들과 별반 다르지 않았다. 피아가 도깨비들이 사람같이 생겼다고 말하자, 안내자는 도깨비들이 각자에게 가장 익숙한 모습을 보여준다고 했다.

"제겐 말썽꾸러기 서쪽 마을 바위들처럼 보여요. 원래는 그냥 불꽃이에요."

도깨비들은 눈을 맞추면 상대가 하는 생각을 읽을 수 있다고도 했다. 그래서 피아는 되도록 도깨비들과 눈을 맞추지 않았고, 그들 앞에서는 햇살가득마을을 구할 방법 같은 건 생각하지 않으려고 애썼다. 그렇다고 아예 딴생각을 하기는 어려워서 도깨비들이 지나갈 때면 일부러 할머니와 다듬었던 약초 이름을 중얼거렸다.

도깨비들은 분신술도 할 수 있었다. 원래 여섯 명인 도깨비들이 오늘은 수백 명이 되어 안개 기계를 옮기고 있었다. 도깨비들은 마법으로 자신들이 좋아하는 노래를 연주하고 따라 불렀다. 그러잖아도 시끄러운 도깨비들이 수백 명이 되니 마치 공연장에 온 것처럼 시끄러웠다.

"이 기계는 안 보이게 뒤로 빼놓고 저 기계는 맨 끝으로 보내고."

봄의 신이 온다고 막바지 청소가 한창이었다. 안내자의 지시에 따라 도깨비들이 안개 기계를 번쩍 들다 바로 옆에 있던 피아를 밀쳤다. 피아는 하마터면 넘어질 뻔했다.

"아무리 신이 온다고 해도 이렇게까지 해야 해?"

피아는 씩씩거리며 안내자에게 따졌다.

"이 정도는 기본입니다. 봄의 신은 안개를 주문하러 오는 고객이기도 하지만 안개 공장을 관리하고 감독하는 신이기도 하거든요. 오실 때마다 안개 공장이 신의 규칙에 따라 잘 운영되고 있는지 살펴보시고요. 조금이라도 점수를 딸 필요가 있죠. 공장 문도 일부러 일찍 닫았다고요."

안내자의 목소리는 평소보다 들떠 있었다. 안내자는 오랜만에 뛰어놀 생각에 신이 난 강아지처럼 몸을 부산스럽게 움직였다. 마치 일이 많아지기를 고대한 것 같았다. 할머니가 약초를 다듬고 나서 정리하라고 할 때마다 귀찮았던 피아로서는 이해가 되지 않았다.

다들 봄의 신이 온다는 사실에 신이 나 있었지만 단 하나 괴로워 보이는 존재가 있었다.

"에잇! 이놈의 도깨비들. 시끄러워서 집중을 할 수 있어야지."

르띠따들은 하나같이 커다란 귀마개로 양쪽 귀를 틀어막고 있었다. 원래도 뾰족하고 길쭉한 귀가 귀마개 때문에 훨씬 더 커 보

였다. 쓰다 버린 휴지처럼 구겨진 얼굴을 한 르띠따들이 입만 열었
다 하면 거친 말이 나왔다. 르띠따들에 대해 잘 알지 못했다면 불
쾌하게 여겼을 것이다. 하지만 그들의 조용한 성향을 알고 나니 피
아는 수백 명이나 되는 도깨비들의 노래를 들어야 하는 르띠따들
이 불쌍하게 느껴졌다. 심지어 도깨비들은 노래를 잘 부르지도 못
했다.

"청소부님은 공장 중앙에 있는 책상 위 잡동사니를 모조리 치워
주세요. 봄의 신께서 오시기 전에 깨끗하게 청소해서 창고에 넣어
야 해요."

"책상? 그런 게 어딨어?"

"가보세요. 있을 거예요. 어서요!"

피아는 공장 중앙으로 걸음을 옮겼다.

공장 중앙에는 100명은 앉을 수 있을 법한 길이의 책상이 한쪽
끝에서 반대쪽 끝까지 끝도 없이 놓여 있었다. 책상마다 먼지투성
이인 온갖 잡동사니가 쌓여 있었는데 마치 잊힌 것들의 동굴을 일
부 옮겨 온 것 같았다. 책상 하나를 치우기는 것만도 버거워 보였다.

"도대체 이것들은 다 어디서 나타난 거야?"

피아는 기가 막혀서 중얼거렸다.

일단 무엇이든 있는 도깨비들의 작업실에서 빗자루와 마대 걸
레를 꺼내 왔다. 넓고 긴 책상을 보자니 한쪽 끝에서 다른 쪽 끝까
지 닦고 다시 돌아와야 할지, 지그재그로 왔다 갔다 하며 한쪽에서

다른 쪽 끝으로 닦아 나가야 할지, 아니면 조금씩 다 닦으며 가야 할지 고민이 됐다. 어느 방법으로 하든 오래 걸릴 것 같았다. 피아는 우선 책상 위에 있는 물건을 하나씩 들어 옮겼다. 온몸이 금세 땀으로 흠뻑 젖었다.

"이렇게 늑장 부리다가는 다 늦어지겠어요. 그냥 바닥으로 내려놔도 되니까 빨리 치워주세요."

그렇게 한참을 일하고 있는데 안내자가 소리를 지르며 뛰어왔다. 안내자 뒤로 파랑 르띠따와 주황 르띠따가 나타났다. 파랑 르띠따는 파란 장갑을 끼고 파란 걸레를 들고 있었고, 주황 르띠따는 주황색 장갑을 끼고 나뭇잎이나 곡식을 치울 때 쓰는 주황색 넉가래를 들고 있었다.

"쯧쯧, 이렇게 청소를 못해서야 안개 공장의 청소부라고 할 수 있겠나. 우리 르띠따들이 청소하는 법을 가르쳐줘야겠군."

파랑 르띠따가 혀를 차며 말했지만, 입꼬리가 광대까지 올라가 있었다.

"정리 정돈도 재료 수집의 기본이거든. 우리 르띠따들이 전문가지."

주황 르띠따가 피아에게 눈을 찡긋 윙크를 했다.

주황 르띠따가 책상의 한쪽 끝에서 반대편 끝을 향해 넉가래를 밀면서 달려나갔고 그 뒤를 파랑 르띠따가 따라붙었다. 신기하게도 그들이 가져온 넉가래와 걸레는 책상과 너비가 같았다. 초록 르띠따와 보라 르띠따가 각각 초록 집게와 보라색 가방을 들고 나타나서는 바닥에 있는 것들을 주워 담았다. 깔깔대던 도깨비 하나가 가득 찬 보라색 가방을 번쩍 들고 기계 사이로 사라졌다.

순식간에 책상 하나가 정리되었다. 피아는 몇 시간 동안 겨우 몇 미터를 치웠는데, 몸집이 피아의 반절 정도밖에 안 되는 르띠따 넷이 눈 깜짝할 새에 책상 하나를 뚝딱 치웠다. 심지어 책상에서는 반짝반짝 윤이 났다. 청소하는 내내 르띠따들의 입꼬리는 올라가 있었고 눈은 반짝거렸다. 마주치면 불평을 늘어놓기 일쑤인 파랑 르띠따마저 그랬다.

책상 정리가 끝나갈 즈음, 안내자는 피아를 불러 충분히 익숙해진 것 같으니 이제 안개 기계를 청소해도 되겠다고 말했다.

"어떤 기계든 깨끗할수록 잘 작동하니까 꼼꼼하게 치워주세요."

르띠따들과 도깨비, 개구리, 거미, 안내자의 합작으로 먼지투성이였던 안개 공장은 질서정연하게 정리되어갔다.

대청소가 마무리됐을 때, 익숙한 구두 소리가 들렸다.

후추가 바닥에 시선을 고정한 채 어딘가로 천천히 걸어가고 있었다. 무언가를 골똘히 생각하는 것 같았다. 안색이 어둡고 전보다 야위어 보였다. 공장은 도깨비들의 웃음소리, 르띠따들의 투덜거림, 안내자의 콧노래 소리로 떠들썩했는데 후추만 다른 세상에 있는 듯했다. 무슨 일이 있는 걸까?

후추는 공장 입구에 멈춰 서서 출입문 너머를 응시했다. 안내자는 공장 문을 일찍 닫았다고 했다. 예약 손님일 리는 없었다.

그때 공장 문이 열리더니 미치 아저씨와 발 달린 수레가 들어왔다.

"후추님!"

미치 아저씨의 얼굴은 아침보다 밝았다. 후추가 아저씨에게 뭐라고 말하자 아저씨는 수레에서 검은색 천으로 감싼 무언가를 꺼내 후추에게 건넸다.

미치 아저씨가 전에도 후추가 직접 꺼져가는 꿈을 받아 갔다고 했는데…. 진짜 꺼져가는 꿈을 받으러 나온 건가? 후추는 꺼져가는 꿈을 뭐 하러 수집하는 거지?

"후추님!"

안내자가 후추를 향해 뒤뚱거리며 달려갔다.

"준비는 어떻게 되고 있어?"

"일정에 맞게 준비하고 있습니다. 이번에 맞춤 주문으로 '무기력 안개'가 들어왔습니다. 재료는 다 준비됐고 후추님께서 연주만 해주시면 됩니다."

안내자는 검은색 안개 주머니를 내보였다.

"또 '무기력 안개'야? 요즘 왜 이렇게 같은 주문이 많이 들어와? 일단 안개 기계에 준비시켜봐. 그리고…."

말을 멈춘 후추가 나무 상자를 안내자에게 보여주며 귓속말을 했다. 그러고는 다시 걸음을 옮겨 사라졌다.

피아는 후추가 사라진 자리를 멍하니 바라보았다. '무기력 안개' 라고?

13

＊

의문

대청소가 마무리되자 피아는 미치 아저씨를 찾았다.

"무기력 안개가 뭘까요?"

"말 그대로 사람들을 무기력하게 만드는 게 아닐까? 힘도 쭉쭉 빠지고 아무것도 하기 싫게 말이야."

흐리멍덩한 눈빛,

힘 빠진 표정,

온종일 침대에 누워 천장만 응시하던 사람들.

아저씨의 말에 피아는 햇살가득마을 사람들을 떠올렸다.

"무기력 안개예요!"

"뭐가?"

"우리 마을 사람들을 괴롭히는 안개요. 당장 안내자를 만나봐야 겠어요."

피아는 자리에서 벌떡 일어났다.

"아니야, 말하지 않는 게 좋겠다."

아저씨가 피아를 가로막았다.

"왜요?"

"말을 해봤자 안내자가 뭘 해줄 것 같니? 지금도 비밀 유지다 뭐다 아무것도 알려주지 않는데."

"그럼 어떡해요? 마을 사람들을 괴롭히는 안개를 만드는 걸 가만히 보고만 있어요?"

그때, 밖에서 외마디 비명 소리가 들렸다.

나가보니 개구리가 안개 기계에 기대 앉아 긴 다리를 쭉 뻗은 채 혀를 길게 빼고 있었다. 옆에서 거미는 부채질을 해주고 있었고, 안내자는 개구리의 어깨를 토닥거리고 있었다.

"무슨 일이야?"

"안개 사냥꾼이 왔어요."

"그 괴물 토끼?"

"아니거미, 이번 안개 사냥꾼은 구렁이처럼 생겼거미."

거미는 공장 바닥을 가리켰다. 바닥에는 양손을 활짝 벌려도 가릴 수 없을 것 같은 너비의 점액질 자국이 남아 있었다. 거대한 구렁이가 공장을 활보했으리라는 생각에 피아는 머리카락이 쭈뼛 섰다.

"내⋯ 내⋯ 내가 봤개-굴⋯ 새하얘개-굴⋯."

개구리는 얼이 빠진 표정으로 몸을 벌벌 떨었다.

"보통 안개 사냥꾼들이 도착하기 전에 후추님께서 미리 알려주셔서 피할 시간을 버는데 이번엔 너무 늦게 말해주셨어요."

안내자가 개구리의 어깨를 툭툭 치며 말했다.

"날카로운 이빨⋯. 나, 날 잡아⋯ 먹으려 했개-굴. 후추님이 아니었다면 난⋯ 난."

개구리가 울음을 터뜨렸다. 거미는 털 달린 다리 몇 개로 세차게 부채질을 했다.

"그래도 **코마**가 아니어서 다행인거미. 설마 후추님께서 코마를 부르진 않겠거미?"

"으으으개-굴."

"코마? 그게 누구야?"

미치 아저씨가 거미와 안내자를 번갈아 쳐다보며 물었다.

"안개 사냥꾼 중에 제일 악랄하다고 소문난 사냥꾼이에요."

"요즘 희한하게 안개 사냥꾼들이 공장을 자주 찾아오는 것 같거미."

"최근에 후추님께서 자주 부르긴 하셨지."

안내자가 손뼉을 쳤다.

"후추님은 안개 사냥꾼들을 왜 부르는데?"

미치 아저씨는 고개를 갸우뚱거렸다.

"그야 희귀 안개를 사들이려는 거지."

어느새 나타난 파랑 르띠따가 아니꼽다는 표정으로 팔짱을 긴 채 말했다.

"아, 만들지 못하는 안개. 그걸 말하는 거야?"

르띠따들의 설명을 기억한 피아가 말했다.

"후추님이 안개를 사려고 부른 건지 다른 목적으로 부른 건지 어떻게 알아? 안개 사냥꾼들은 돈이 되는 거라면 뭐든 사냥한다던 데."

파랑 르띠따가 툴툴거렸다.

"네 이놈, 후추님을 비하하면 가만 안 둬!"

안내자가 파랑 르띠따에게 달려들었다. 둘 다 키가 작아 고만고만한 어린아이 둘이 엉겨 붙은 것처럼 보였다.

"또 이러기거미."

거미는 한숨을 내쉬더니 안내자를 향해 거미줄을 쏘았다. 곧 온몸이 거미줄에 칭칭 감긴 안내자는 꼭 누에고치처럼 보였다. 낑낑대는 소리와 함께 고치가 꿈틀거렸다.

"안개 사냥꾼은 너보다 우리 르띠따들이 잘 알 텐데."

파랑 르띠따가 안내자를 향해 으르렁거렸다. 그러자 거미가 파랑 르띠따에게도 거미줄 몇 가닥을 발사했다.

"거미! 이거 떼어내려면 몇 번이나 문질러야 하는 줄 알아?"

파랑 르띠따는 성을 내며 거미줄이 다른 곳에 묻지 않았나 여기저기 살피더니 슬금슬금 자리를 피했다.

"결벽증 있는 애들은 다루기 쉽다니거미."

파랑 르띠따가 시야에서 사라지자 거미는 몸에 숨겨놓은 날카로운 침으로 안내자의 고치를 갈랐다. 자주 하는 일인 듯 능숙했다.

"일어나거미."

"르띠따! 내가 거미만 없었어도 가만 안 뒀어!"

안내자가 씩씩거리며 허공을 향해 주먹을 날렸다. 거미가 경고하듯 안내자의 어깨를 두들기자 안내자는 입을 다물었다.

숙소로 돌아온 피아는 질문을 이어나갔다.

후추는 왜 위험하다고는 안개 사냥꾼들을 공장으로 부르는 걸까? 희귀 안개를 사려고 부르는 걸까, 아니면 파랑 르띠따 말대로 다른 목적이 있는 걸까? 잊힌 꿈은 왜 모으는 걸까?

피아는 그날 밤도 쉽게 잠들지 못했다.

14
*
무시무시한 남자

"좋은 생각이 났어요! 무기력 안개를 만들지 못하게 방해할 거예요."

피아는 안개 재료 주머니를 찾을 계획을 세웠다. 안내자를 염탐하거나 공장을 돌아다니며 전에 봤던 검은색 주머니를 찾아 주머니를 없애버리거나 내용물을 바꿔치기하면 끝. 왜 지금까지 생각하지 못했을까 싶을 정도로 간단하고 완벽한 전략이었다.

"구매자가 다시 주문하면 말짱 도루묵이니까 결국 안개를 주문한 사람을 찾아서 설득해야 해."

미치 아저씨가 당부했다.

피아는 검은 주머니를 찾아 나섰다. 개구리나 거미에게 후추가 쓰는 안개 기계가 뭔지 물어보고 싶었지만 둘은 안개 사냥꾼이 왔다 간 이후로 보이지 않았다. 수많은 안개 기계를 일일이 돌아보며 주머니를 찾는 수밖에 없었다.

안내자의 말에 따르면 공장을 가득 메운 기계는 수만 개나 되고 하루에도 수십 개씩 생기고 사라진다고 했다. 안개 기계를 전부 살펴보는 게 가능하긴 할까…. 30개도 살펴보지 못한 것 같은데 벌써 피곤했다. 피아는 안개 기계 하나에 걸터앉아 잠시 쉬었다. 기계에 숫자 100이 적힌 종이가 덕지덕지 붙어 있는 게 눈에 띄었다.

"그럼 고객님, 이런 안개는 어떠세요?"

안내자의 목소리였다. 피아는 재빨리 종이 사이로 몸을 숨겼다.

"그것보다 더한 건 없나? 전에 쓴 안개는 효과가 너무 약해. 더 강한 게 필요해."

누군가가 싸늘한 목소리로 물었다.

"고객님. 이번 주에 벌써 두 번째 주문입니다. 감당하실 수 있겠습니까?"

"대가는 뭐든 치를 수 있어. 힘을 갖기 위해서라면 뭐든 할 테니 안내나 해!"

"딸꾹."

헉. 피아는 양손으로 입을 틀어막았다. 왜 하필 이때 딸꾹질이 나와서….

"거기 누구야?"

발소리가 났다.

피아는 얼어붙은 듯 자리에서 꼼짝할 수 없었다.

"거기 생쥐처럼 숨어서 듣고 있는 게 누구냐?"

발소리가 점점 가까워졌다. 어쩌면 지금이라도 도망쳐야 할지 몰랐다. 하지만 몸을 움직일 수 없었다. 남자의 발끝이 보였다. 피아는 숨을 참았다. 허리춤에 매달린 기다란 검, 머리부터 발끝까지 딱 붙는 검은 옷.

전에 마주친 검객인가? 하지만 같은 사람이라고 하기에는 몸집이 무척 컸다. 전에는 후추처럼 마른 체격이었는데 지금은 건장한 도깨비를 두 명 붙여놓은 것 같았다. 남자의 머리카락 사이로 볼에 난 상처가 보였다. 검객이 분명한데….

남자가 가까워졌다. 그가 고개를 돌리기만 해도 피아를 발견할 것이다. 피아는 입을 더 세게 틀어막았다.

"고객님!"

안내자가 검객을 불렀다. 동시에 바로 앞에 있는 기계에서 안개가 뿜어져 나왔다. 피아는 이때다 싶어 종이 사이로 몸을 비집고 들어갔다. 이내 발소리가 나더니 멀어졌다. 피아의 심장이 고장난 듯 빠르게 뛰었다. 살기 넘치던 눈빛을 생각하는 것만으로도 뒷머리가 바짝 섰다. 검객은 무서운 일을 꾸미고 있는 게 틀림없었다.

"자, 그럼 이쪽으로 오세요. 고객님께서 원하시는 안개를 찾아봅시다."

안내자는 평소와 다를 바 없이 천진난만하고 상냥한 목소리로 말했다.

왜 저런 사람을 내쫓지 않는 거지? 안개를 팔아 돈을 얼마나 버는지 몰라도, 피아는 공장의 방침을 이해할 수 없었다.

안내자의 목소리가 점점 가까워졌다. 피아는 주변을 살폈다. 작은 입구가 보였다. 피아는 입구로 뛰어 들어갔다.

안은 어두웠다. 불을 밝힐 만한 것, 그러니까 미치 아저씨가 수집한 꿈이 담긴 유리병이 보이지 않았다. 피아는 밖을 기웃거리다가 입구에 놓여 있던 흐릿한 유리병을 들고 들어왔다. 그제야 내부가 눈에 들어왔다. 피아가 지내는 방만 한 공간은 아무것도 없이 텅 비어 있었다. 이상하게 제일 안쪽 구석은 빛을 비춰도 어두웠는데, 가까이 가보니 막다른 벽인 줄 알았던 게 실은 통로였다. 피아는 유리병을 움켜쥐고 통로로 들어섰다.

통로는 비좁아서 중간중간 어깨가 벽에 닿았다. 어둠 속을 걸으니 시간을 가늠하기 어려웠다. 어깨는 벽에 닿아 아프지, 어둡지, 게다가 걸을 때마다 울리는 발소리가 신경 쓰였다. 피아는 유리병을 높이 들어 통로를 비췄다. 끝이 보이지 않았다. 뒤를 돌아봐도 깜깜했다. 돌아가기에도 많이 걸어온 게 분명했다.

"그래, 이왕 여기까지 온 거 끝까지 가보자. 혹시 알아? 검은 안개 주머니를 찾아낼지."

피아는 옷을 여미며 안쪽으로 걸어 들어갔다.

얼마나 걸었을까. 피아의 어깨가 더는 통로에 닿지 않았고 발소

리는 먼 산에서 들리는 메아리처럼 멀리 울려 퍼졌다. 동시에 유리
병 속의 꿈이 제 빛을 잃고 꺼졌다.

15

*

하지 못한 말

‘그만하세요!’

변성기에 막 들어선 듯한 남자의 목소리가 들렸다.

"네? 무슨 일이에요?"

피아는 손을 뻗어 벽을 찾았지만, 손끝에 닿는 것이 없었다.

일단 저 남자라도 찾아야겠다. 피아는 한 발 한 발 조심스레 디뎠다. 처음에는 울퉁불퉁한 돌바닥 같았던 것이 매끈해질 때쯤 갑자기 빛이 나더니 교복 입은 남자아이가 나타났다. 아이는 살기 어린 눈으로 피아를 쳐다봤다.

"왜… 왜요?"

피아는 걸음을 멈췄다.

뒤에서 누군가가 악을 썼다. 뒤를 돌아보니 젊은 여자가 나이 든 남자의 몸을 거칠게 흔들면서 소리를 지르고 있었다. 머리가 희끗희끗하고 주름이 가득한 나이 든 남자는 아무 말도 하지 않았다.

'그만하세요!'

교복 입은 아이가 외쳤다.

아이는 젊은 여자를 노려봤고, 여자는 남자를 흔들고 있던 두 손을 놓았다. 젊은 여자와 늙은 남자는 자리에 주저앉더니 이내 서로를 부둥켜안고 울었다. 무슨 사연인지 몰라도 가슴이 먹먹하고 무거워지는 광경이었다.

그러다 세 사람이 어디론가 홀연히 사라졌고, 동굴은 다시 어두워졌다.

"저기요?"

아무도 대답하지 않았다. 유리병 속 꿈은 여전히 빛을 낼 기미를 보이지 않았다.

여긴 또 어디야. 검객을 피하려다 길을 완전히 잃어버렸네. 피아는 한숨을 푹 내쉬었다.

'저도 학교 갈래요!'

초롱초롱한 목소리가 어둠을 갈랐다.

"저기요? 거기 누구예요?"

피아는 목소리가 난 곳을 찾아 두리번거렸다. 멀지 않은 곳에 눈이 동그란 여자아이와 몸집이 큰 사내가 보였다. 사내가 부리부리한 눈썹을 치켜세우며 여자아이 앞에 걸레와 물통을 내려놓았다. 여자아이는 멈칫하더니 주머니에서 다 해진 교과서를 꺼냈다.

'저도 학교 갈래요!'

여자아이가 외쳤다.

사내가 한숨을 쉬더니 물통을 집어 들었다. 여자아이는 허리를 90도로 접어 인사한 뒤 남자와 반대편으로 뛰어갔다.

피아가 여자아이를 따라가려는 찰나, 눈앞에서 여자아이가 사라졌다. 뒤돌아보니 남자도 없었다. 동굴이 다시 어두워졌다. 계속 여기 있는 것보다는 검객을 맞닥뜨리는 게 더 나을 것 같았다. 적어도 안개 공장에는 피아가 도움을 청할 존재들이 있었다. 지금은 세상에 피아 혼자만 남은 것 같았다.

"나도 데려가라고. 나도 무섭다고."

피아는 두 팔을 부둥켜안았다.

"하지 못한 말을 들었구나."

맑은 음성이 동굴에 울려 퍼졌다. 다른 목소리가 들렸을 때와는 다르게 동굴 안이 밝아지지도, 사람이 나타나지도 않았다.

"거기 누구세요?"

곧이어 '딱' 하고 손가락 부딪치는 소리가 나더니 피아와 몇 발자국 떨어지지 않은 곳에 빛이 들어왔다. 목소리의 주인이 보였다. 후추였다.

"네가 들은 건 하지 못한 말이라고."

"하지 못한 말이라니? 여기 있던 사람들 계속 말했는데?"

피아가 물었다. 갑자기 후추가 나타난 것도, 나타나서 하는 말도 얼떨떨했다.

"잔상을 봤다고 해서 일어나지 않은 일이 일어난 일이 되진 않아. 네가 본 건 그들이 하지 못한 말을 입 밖으로 내뱉었을 때 일어났을 수 있는 결과야. 그런데 그들은 말을 하지 않았고, 삼킨 말도 결과도 다 이 **메아리 방**에 갇혀버렸지. 넌 용케 이 방을 찾아냈고."

"내가 본 게 실제 일어난 일이 아니라고? 사람들이 왜 말을 하지 못한 건데?"

말을 하면서 피아는 아까 남자아이가 했던, 아니, 하지 못한 말을 떠올렸다. '그만하세요!'

"그런 말 안 들어봤나? '어떻게 해야 할지 몰라서', '두려워서', '다른 중요한 일 때문에', '자존심 때문에', '사는 게 바빠서'…. 인간들은 자신의 인생을 바꿀 유일무이한 기회가 주어져도 다양한 핑계를 대면서 놓쳐버려. 정작 자신에게 가장 중요한 말을 하지 않기로 선택한 거지. 그러다 보면 결국 그 말을 잊어버려. 내가 보기엔 일부러 잊으려고 노력하는 거지만."

"왜?"

"그럼 모든 게 쉬워진다고 생각하거든. 그래서 어떤 인간은 중요한 문제를 피하려고 다른 자잘한 일을 만들어 쉴 새 없이 평생을 바쁘게 살거나 술을 진탕 마시고 자신이 마음 한구석에 밀어넣은 일이 마치 존재하지 않는 것처럼 행동해. 그리고 결국에는 정말 중요한 것들을 잊어버리지."

후추의 목소리는 왠지 쓸쓸했다.

정말 중요한 것들을 잊어버린다…. 그게 뭘까?

"그나저나 넌 뭘 하고 있었지? 네 볼일은 여기 없을 텐데."

"그게 저… 안내자랑, 아니, 그게."

피아는 차마 검객과 안내자를 피해 왔다고 말하지 못했다. 그랬다가는 마을을 위협하는 안개를 만들지 못하게 방해하려고 안개 주머니를 찾으려다가 여기까지 오게 됐다고 설명해야 할 것 같았다.

"지금 근무 시간일 텐데. 빨리 돌아가서 네 할 일을 해. 봄의 신이 온다고 다들 바쁠 텐데 어디서 땡땡이야."

다행히 후추는 피아가 메아리 방에 오게 된 이유에 대해서는 관심이 없어 보였다.

"후추, 있잖아…. 너는 악한 자들의 편이야? 안개 공장은 나쁜 사람들을 도와주는 곳이야?"

햇살가득마을에 일어난 일도 그렇고, 검객도 그렇고, 안개를 주문하러 오는 사람들을 보며 궁금했었다. 후추와 안개 공장은 어떤 곳인지, 왜 안개를 만들어 파는 건지….

후추가 아무 말 없이 피아의 두 눈을 응시했다. 후추의 확고한 눈빛은 마치 피아가 찾고 있는 걸 안다고 말하는 것 같았다. 후추의 시선을 피하고 싶었지만, 피아는 그러는 대신 두 눈에 힘을 줬다.

"우린 그 누구의 편도 아냐. 안개를 주문하는 자들 편도 아니고 그 반대편도 아냐. 우리에게 주어진 일에 충실할 뿐이지."

그러고 보니 처음 봤을 때도 비슷한 얘기를 했던 것 같다.

"그럼 다른 사람을 해치는 안개는 만들지 않으면 안 될까? 그런 걸 만들지 않으면 되는 거잖아."

후추는 작게 한숨을 쉬었다.

"그건 내가 할 수 있는 영역 밖이야. 네가 비난해야 하는 건 안개를 주문한 인간이야. 옳지 않다는 걸 알면서도 갖은 핑계를 대며 자신의 선택을 정당화하는 인간들. 탓하려면 그들을 탓해. 적어도 귀신들은 솔직해. 자신을 속이지 않고도 안개를 주문하고 당당하게 사용하지. 자기 몸을 가리기 위해, 사라지지 않기 위해 안개를 주문하거든. 그런데 인간은 그렇지 않아. 돈, 명예, 외로움, 복수심 때문에 안개를 주문하면서도 그게 아닌 척 자기가 만들어놓은 가면 뒤에 숨어버려. 자기 자신한테도 당당할 수 없으니 마치 다른 사람을 위하는 척, 정당한 척, 강한 척, 약한 척하지만 사실 자신이 원하는 걸 얻기 위해 행동할 뿐이지. 그래서 탐욕스럽고 뻔뻔해지는 거야."

주문한 사람 잘못이라고? 그럼 결국 미치 아저씨 말대로 주문한 사람을 찾아야 하는 걸까?

후추가 두 손가락을 부딪쳤다. '딱' 하는 소리와 함께 동굴은 다시 어두워졌다.

"여하튼, 이제 공장으로 돌아가. 그리고."

후추가 뜸을 들였다.

"그리고 뭐?"

"괜한 짓 하고 다니지 마."

"괜한 짓?"

후추의 구두 소리가 피아에게서 멀어졌다. 피아는 어두운 동굴에 다시 혼자 남고 싶지 않았다.

"어디로 가야 해? 아무것도 안 보이잖아!"

피아가 소리치자 다시 손가락 부딪치는 소리와 함께 한쪽 끝에서 튕겨 나온 빛이 반대편으로 날아갔다. 통로가 있었다. 빛은 통로 앞을 밝히며 주변을 맴돌았다. 피아는 빛이 비추는 곳으로 뛰었다.

'사실 난 알고 있었어.'

냉소적인 목소리가 들렸다. 갑자기 주변이 환해지며 목소리만큼이나 차가운 표정의 여자가 동굴 한가운데로 걸어갔다.

'싫어!'

한 남자의 비명이 여자의 목소리를 뚫고 울려 퍼졌다. 남자의 목소리는 어딘가 으스스했다.

피아는 동굴을 빠져나가기 전에 마지막으로 메아리 방을 돌아봤다.

사람 형상이 나타나면서 동굴 안을 밝혔다. 점점 잔상이 선명해지더니 상처로 가득한 어떤 남자가 나타났다. 후추는 보이지 않았다. 피아는 부리나케 통로 속으로 몸을 집어넣었다. 등 뒤에서 누군가가 울먹거리는 목소리로 '사랑해'라고 외쳤다.

통로에 들어오니 목소리가 더는 들리지 않았다. 피아가 내내 움켜쥐고 있던 유리병 속 구슬이 다시 빛을 내기 시작했다. 몇 걸음 채 뛰지도 않았는데 반대편에 출구가 보였다.

출구를 빠져나오니 안개 공장이었다. 서늘한 안개가 피부에 닿았다. 긴 여행을 끝내고 집에 돌아온 것 같았다.

16

*

봄의 신

"오늘이에요, 오늘!"

안내자는 잠시도 가만있지 못하고 안개 기계 사이를 뛰어다니며 소리쳤다. 거미는 거미줄을 따라 연신 오르락내리락했고 개구리는 처음 보는 나비넥타이와 중절모를 쓴 채 얼어 있었다. 도깨비들은 배를 잡고 눈물을 흘리며 바닥에 널브러져 있었다. 뭐가 그리 우스운지, 도깨비들은 낄낄대기 바빴다.

며칠 동안 도깨비들이 자신들의 은신처가 아닌 공장 중앙에서 지낸 탓에 피아는 그들의 웃음소리를 정말 질리도록 들었다. 그나마 오늘은 분신 없이 여섯 도깨비가 전부였다. 피아는 도깨비들로부터 최대한 멀리 떨어졌다.

르띠따들은 웬일인지 얼굴 하나 찌푸리지 않고 서 있었다. 길쭉한 귀마개도 착용하지 않았다. 르띠따들은 이따금 옷의 주름을 확인하고 있지도 않은 먼지를 털어대는 것 말고는 마른 장작처럼 가만히 서 있었다. 다만 몸이 미세하게 떨리고 있었다. 르띠따들의 옷은 다리미보다 더 강력한 무언가로 다린 듯 날카롭게 각이 잡혀 있었고, 구두는 반짝반짝 윤이 났다.

"설마 다들 봄의 신이 온다고 이러는 거예요?"

피아 역시 봄의 신을 본다는 것에 설레기는 해도 공장 직원들이 이 정도로 요란을 떨 줄은 몰랐다.

"그런가 봐. 아휴, 나까지 떨리네."

미치 아저씨가 발을 동동 굴렀다.

"그야 후추님의 연주를 들을 수 있기 때문이죠!"

안내자가 피아와 아저씨 사이에 끼어들었다.

"지금 후추의 연주를 듣는 날이라서 저러는 거라고?"

"당연한 거 아니에요? 아니면 뭐 때문에 도깨비들이 좋은 자리를 잡겠다고 며칠 전부터 와 있었겠어요?"

후추는 거의 혼자 있을 때만 안개 기계를 연주한다고 했다. 후추의 연주가 뭐라고 다들 이렇게 호들갑인지….

문득 유명한 연주자가 햇살가득마을에 공연을 하러 왔을 때가 떠올랐다. 안경집 손 씨 할아버지는 땀을 한 바가지 흘렸고, 김 씨 아주머니는 박수를 치며 어쩔 줄 몰라 했다. 꼬마들은 아침부터 좋은 자리를 잡고 앉아 눈을 반짝거리며 벌게진 얼굴로 공연을 기다렸다. 지금 안개 공장 직원들이 딱 그들 같았다.

공장 직원들은 황금색으로 번쩍이는, 공장에서도 가장 화려한 기계 주변에 모여 서 있었다. 웅장한 크기에 고급스러운 수가 놓여 있어 신을 맞이하는 날에 딱 맞는 기계 같았다. 바로 옆에는 처음 보는 작고 단출한 안개 기계가 있었다. 피아가 팔을 벌리고 서면 가려질 만큼 작은 크기에, 지금까지 본 안개 기계 중에서도 가장 오래된 것 같았다.

봄의 신이 온다는데 왜 저 기계를 치우지 않았지? 항상 완벽하게 일을 해내는 안내자가 중요한 걸 빠뜨리다니. 지금이라도 말해 줘야 하나?

"저것 봐. 내가 모아 온 꿈들도 한몫하는걸."

미치 아저씨가 피아의 어깨를 치며 꿈이 담긴 유리병을 가리켰다. 아저씨는 별로 길지 않은 콧수염을 만지작거리며 어깨를 으쓱였다. 다른 안개 기계들은 모두 가동을 멈춘 데다 봄 안개는 해롭지 않아서, 아저씨는 마스크도 고글도 쓰고 있지 않았다.

단발머리를 시원하게 묶어 올린 후추가 들어섰다. 헤어스타일 말고도 뭔가 달라진 것 같았는데 콕 집어 말하기 어려웠다.

"다들 봄의 신과 봄의 정령들을 맞이할 준비가 되었나?"

후추가 크게 외치는 순간, 공장 입구가 활짝 열렸다. 강한 빛이 들어왔다. 피아는 고개를 돌리고 눈을 질끈 감았다.

상쾌한 공기가 피아의 몸을 감쌌다. 겨울이 지나가고 땅이 녹을 때 산에서 내려오는 선선한 바람 같았다. 가벼운 비가 내린 뒤에,

아니면 해가 뜨기 전 이른 새벽에 맡을 수 있는 흙 내음이 났다. 산속에 있다고 착각할 만한 냄새였다. 흙 내음 위로 백합, 매화의 진한 향기와 산수유의 달콤한 향기가 내려앉았다. 그 외에도 피아가 구별하지 못하는 갖가지 향기가 주위를 감쌌다.

눈을 뜨니 공장 입구에는 방금 피어난 꽃잎같이 하늘하늘한 여자가 서 있었다. 여자는 키가 큰 편인 후추보다도 두 뼘 정도 더 컸고 후추처럼 하얀 피부를 가졌는데, 한 치 앞을 알 수 없는 짙은 안개 같은 후추와는 달리 화사한 목련을 연상케 하는 생김새였다. 까만 눈, 오똑한 콧날, 은은하게 발간 볼, 그리고 붉은 매화 같은 입술. 피아는 여자의 얼굴을 넋 놓고 바라봤다. '세상의 아름다움'이라는 게 있다면 바로 이 여자에게서 비롯된 것 같았다.

"후추, 오랜만이에요. 잘 있었어요?"

여자의 목소리는 온화한 인상만큼이나 따스했다.

"안개 공장에 오신 걸 환영합니다, 봄의 신."

후추는 여자를 향해 고개를 숙였다.

"올해도 잘 부탁할게요."

봄의 신의 한마디에 후추의 얼굴에 변화가 생겼다. 눈이 둥글게 휘어지면서 입꼬리가 살짝 올라갔다.

설마… 웃는 거야? 저 불친절한 왕재수가 이렇게 쉽게 웃는다고? 피아는 자신에게는 차가운 모습만 보여주었던 후추가 봄의 신 앞에서는 친절한 게 얄미웠다. 아니, 내가 알 바 아니지. 피아는 고개를 세차게 저었다.

"준비는 다 마쳤습니다. 이리로 오시죠."

봄의 신은 후추를 따라 공장 안쪽으로 향했다.

봄의 신이 지나가자 목련과 쑥의 향이 조화롭게 퍼졌다. 봄의 신의 몸은 꽃과 여린 풀로 덮여 있었는데, 꽃과 풀로 지은 옷을 입은 것 같기도 했고 식물이 몸에서 자라난 것 같기도 했다. 등 뒤에는 노란 개나리가 피어 있었고 머리 위에는 활짝 핀 흰 목련이 있었다. 몸에는 진달래, 철쭉, 금낭화, 산당화, 수선화 같은 화려한 꽃과 엉겅퀴나 제비꽃처럼 작고 귀여운 꽃이 고사리, 쑥과 함께 섞여 있었다.

봄의 신은 마치 바람에 흔들리는 풀처럼 자유롭고 부드럽게 움직였다. 굵게 땋은 연분홍색 머리카락은 윤이 났고 매듭 사이사이에는 형형색색의 꽃이 꽂혀 있었다. 머리카락이 어찌나 긴지 바닥에 닿을락 말락 했다.

거기에 맨발. 봄의 신은 맨발로 안개 공장을 누비고 있었다. 가뜩이나 안개 때문에 서늘한 공장에서 무언가에 맨살이 닿는 건 썩 기분 좋은 일이 아니었다. 그런데 봄의 신은 차갑다는 내색은커녕 오히려 편안한 표정이었다.

그리고 믿을 수 없는 일이 벌어졌다. 봄의 신이 지나가는 곳마다 꽃이 피어나고 싹이 텄다.

"말도 안 돼."

피아는 휘둥그레진 눈으로 봄의 신을 올려다봤다. 봄의 신과 피아의 눈이 마주쳤다. 햇살 아래 서 있는 듯 피아의 몸이 따뜻해졌다. 순간 번쩍하며 어떤 장면이 피아의 뇌리를 스쳐 지나갔다.

뭔가에 쫓기듯 뛰어가는 낯선 남자.
남자의 품에 안겨 있는 자신.

처음 보는 남자가 무언가에 쫓겨 도망가고 있었다. 아기였던 피아는 남자의 품에 안겨 울고 있었다. 피아의 목걸이가 뜨겁게 달아올랐다.

뭐지? 피아는 다시 봄의 신을 바라보았지만, 봄의 신은 이미 몸을 돌려 후추를 따라가고 있었다.

"아저씨도 봤어요?"

피아는 옆에 있던 미치 아저씨에게 물었다.

"어? 응."

아저씨는 봄의 신에 시선을 고정한 채 대답했다.

"누구일까요?"

미치 아저씨는 입을 벌리고 봄의 신을 볼 뿐, 대답이 없었다.

"아저씨? 정말 봤어요?"

피아가 목소리를 높였다.

"응? 뭘 말이냐?"

그제야 아저씨가 피아를 돌아봤다.

"아, 아니에요."

"피아, 우리도 좀 더 가까이 가자."

봄의 정령이라고 불리는 곤충과 동물 무리가 봄의 신을 뒤따랐다. 나비, 무당벌레, 벌, 제비 등이 날아갔고 그 뒤로 초록 개구리 두 마리(안개 공장의 노란 개구리와는 다르게 옷을 입지도, 기다란 다리를 가지지도 않았고 네 발로 뛰어다녔다), 다람쥐 세 마리, 토끼 두 마리, 뱀 한 마리가 지나갔다. 가끔 산에서 본 너구리, 노루, 곰도 있었다. 마지막에는 개미 떼가 줄 맞춰 뒤따랐다.

아까 그건 뭐였지? 피아는 고개를 갸우뚱거리며 무리를 따라갔다.

17

❀

후추의 연주

후추는 황금으로 뒤덮인 크고 화려한 기계를 등지고 낡은 기계 앞에 멈춰 섰다.

설마 다들 저 낡은 기계를 향해 서 있던 거야?

기계 중앙에는 커다란 톱니바퀴 두 개와 작은 톱니바퀴가 겹겹이 맞물려 있었다. 톱니바퀴 위쪽에는 적어도 스무 개는 넘어 보이는 호스 같은 게 달려 있었는데, 그 안에 구슬이 많이 담겨 있었다. 아래쪽에는 길이도 두께도 다른 쇳조각 여러 개가 나란히 붙어 있었고, 그 앞쪽으로는 깔때기가 쇳조각을 향해 입을 벌리고 있었다. 맨바닥에는 동그랗게 말린 천 조각이 띄엄띄엄 있었다. 기계 오른쪽에는 가늘고 긴 줄들이 매달려 있었는데 줄마다 앙상하고 긴 손가락같이 생긴 것이 붙어 있었다. 왼쪽으로는 다양한 크기의 모래 주머니가 매달려 있었다.

별나게 생기긴 했지만 봄의 신 앞에서 연주할 만큼 특별해 보이지는 않았다. 오히려 너무 낡아 제대로 작동이 될지 걱정됐다.

도깨비들이 손을 휘두르자 공장 전체가 어두워졌다. 어른어른 빛나는 꿈이 후추와 안개 기계를 비췄다.

봄의 신이 고개를 끄덕이자 후추는 망토를 벗어 한쪽에 서 있던 개구리에게 건넨 뒤, 기계를 마주 보고 섰다.

진짜 저런 낡은 기계로 연주한다고?

피아는 저도 모르게 후추 쪽으로 가까이 가다가 바로 앞에 있던 노랑 르띠따를 밀었다.

"어? 미안."

노랑 르띠따는 긴장했는지 부들부들 떨고 있었는데 돌아보지도 않았다.

후추는 양발을 벌리고 서서 몸을 좌우로 부드럽게 움직였다. 이어 두 손을 머리 위로 들어 올렸다가 아래로 떨어뜨리자 중앙의 톱니바퀴가 움직였다. 호스에 들어 있던 구슬들이 아래로 떨어져 깔때기 속으로 들어갔다. 시원하고 청량한 소리가 동굴에 울려 퍼졌다. 피아의 심장이 두근거렸다. 후추가 오른손을 허공에 띄워 지휘하듯 양쪽으로 살짝살짝 휘저으니 손가락처럼 생긴 것이 움직여 줄들을 잡아당겼다. 후추가 왼손을 튕겼을 땐 모래주머니가 위아래로 움직이면서 숲속 바람 소리를 냈다. 높고 가느다랗게 울리는 소리부터 낮고 짙게 깔리는 소리까지 온갖 소리가 조화롭게 울려 퍼졌다.

후추의 작은 몸짓에 기계가 움직이며 음악이 흘러나오고 이야기가 만들어졌다. 마치 기계가 후추가 되고 후추가 기계가 된 것 같았다. 주위를 보자 다들 눈을 감고 있었다. 피아 역시 몸이 흐물흐물 풀어지는 것 같았다.

후추가 오른손을 들자 천장에서 거미가 노란색 안개 주머니를 후추 앞으로 내려보냈다. 후추는 주머니에 손을 집어넣더니 무언가를 한 움큼 집어 안개 기계에 뿌렸다.

동시에 피아 앞으로 노란색, 주황색, 분홍색, 흰색, 연녹색 빛이 하나씩 나타났다. 각각의 빛이 서로 꼬리에 꼬리를 물고 이어지며 춤을 추더니 결국은 한데 어우러져 피아를 감쌌다. 몸이 따뜻해졌다.

햇살이 피아를 어루만졌고 달콤한 꽃향기가 피아의 코를 간지럽혔다. 피아의 허리춤까지 올라온 하얀 들꽃이 꽃밭을 가득 메우고 있었다. 피아가 햇살가득마을에서 제일 좋아하는 꽃밭이었다. 꽃밭은 북쪽 언덕에서 약초를 캐다가 우연히 발견한 곳이었다. 울적한 기분이 들 때면 피아는 혼자 꽃밭으로 향했다. 커다란 나무로 둘러싸여 있어 밖에서는 잘 보이지 않았고 안에 들어와 있으면 아늑하고 보호받는 듯한 느낌이 들었다. 꽃들 사이에 누워 하늘을 바라보면 어떤 근심이든 사라지는 것 같았다. 할머니에게 왜 꽃밭에 가는지 설명하지는 않았지만, 꽃밭에 간다고 하면 할머니는 말없이 피아를 안아주곤 했다.

여긴 없어졌는데?

어느 봄, 피아는 꽃밭으로 향했다. 평소처럼 언덕을 오르는데 매캐한 냄새가 났다. 꽃밭에 가까워질수록 냄새는 강해졌고 연기가 조금씩 보였다. 심장이 쿵쾅거렸다. 피아는 가파른 언덕을 쉬지 않고 뛰어올랐다. 커다란 나무를 지나자 검은 연기가 피아의 눈과 코를 찔렀다.

연기 사이로 잿더미가 된 광활한 공터가 나타났고 꽃이 있던 자리에는 시커먼 자국만 남아 있었다. 피아가 그동안 기대고 서 있던 단단한 벽이 무너져 내린 것 같았다.

한동안 피아는 밥을 잘 먹지 못했다. 나나 할머니가 물어도 아무 말 없이 속으로만 끙끙 앓았다. 나중에 알고 보니 떠돌이 가족이 농사를 지을 목적으로 꽃밭을 태웠다고 했다. 피아는 그 뒤로 자신의 요새에 가지 않았다.

달콤한 꽃향기가 피아의 코를 간질였다. 피아는 손을 내밀어 가까이 있는 꽃을 만졌다. 연약하고 살짝 차가운 감촉. 피아가 기억하는 그대로였다.

피아가 꽃밭 한가운데로 달려가자 꽃 사이에 있던 새들이 날아올랐다. 근처에 풀을 뜯고 있는 사슴이 보였다. 피아는 꽃 위로 풀썩 누웠다. 하늘에는 구름 한 점 없었다. 뾰족뾰족한 소나무 끝부분이 푸른 하늘을 감싸고 있었다. 한 폭의 그림 같았다. 나비가 피아 주위를 맴돌았다.

여기 있으면 문제 될 일도, 어려운 일도 없었다. 밖에서 무슨 일이 일어났든, 어떤 감정을 느꼈든, 여기 있는 한 안전했다. 모든 게 다 괜찮을 거다. 나나 할머니도, 마을 사람들도, 마을도 다 괜찮을 거다. 다 잘될 거다.

피아는 눈을 감았다. 귓가에서 들풀이 바람에 흔들리며 음악을 연주했다.

18

❀

안개의 마법

"와, 대단합니다. 역시 후추님."

환호성이 들렸다. 평화로운 꽃밭과는 어울리지 않는 소리였다.

피아는 눈을 떴다. 조금 습하고 차갑고 어두운 실내였다. 옆에는 사슴과 토끼, 곰, 다람쥐가 있었다.

"어떠셨어요? 후추님의 연주, 대단하죠?"

낭랑한 목소리가 피아의 귀를 울렸다. 몽땅한 돌이 움직였다. 그 뒤로는 두 다리로 서 있는 개구리, 덩치 큰 도깨비, 뾰족모자를 쓴 르띠따 한 무리가 보였다.

피아는 안개 공장에 있었다.

어라? 방금까지 꽃밭에 있었는데…. 피아는 눈을 끔뻑이며 주위를 두리번거렸다. 피아는 한 도깨비와 눈이 마주쳤다.

'후추님의 연주에는 많은 마법이 담겨 있징. 이동하지 않아도 꼭

다른 곳에 있는 듯한 느낌을 받게 되징.'

피아의 머릿속으로 생각이 흘러들어왔다. 도깨비는 피아를 향해 윙크했다.

"피아, 너도 봤어? 내가 어릴 적 부모님과 소풍 갔던 강이랑 똑같았어! 그동안 잊고 있었는데 후추님이 어떻게 아신 거지? 굉장해!"

옆에 있던 미치 아저씨가 침을 튀기며 말했다.

"강이라뇨? 언덕에 있는 꽃밭이었는데….."

"무슨 언덕이야? 강이었지."

미치 아저씨가 열을 올렸다.

"두 분은 후추님의 연주를 처음 들으셨죠? '봄을 알리는 안개'를 연주할 때는 우리가 제일 좋아하는 장소와 상황으로 데려가준답니다. 대단하지 않아요? 저는 남쪽 진흙 마을에 다녀왔어요. 오랜만에 진흙 마시지를 받았는데 최고였어요."

안내자가 방방 뛰며 말했다.

이게 다 후추의 연주 때문이었다고?

후추의 오른손은 허공에 올라가 있었고 어깨는 아래위로 크게 움직였다. 피아가 마지막으로 봤을 때와 별반 다르지 않은 자세였다.

르띠따들의 발 구르는 소리, 도깨비들의 몸이 맞부딪히는 소리, 동물들의 울음소리 등 다들 자신이 낼 수 있는 소리라는 소리는 죄다 만들어 환호했다.

잠시 후 후추가 손을 내리며 자리에서 일어나 봄의 신을 향해 몸을 돌리자 모두 조용해졌다. 다들 숨죽여 봄의 신을 쳐다봤다. 어찌나 조용했던지 초록 르띠따가 이를 딱딱 부딪히는 소리가 들렸다.

　"올해도 훌륭하네요. 이번 봄에 필요한 요소들이 조화롭고 아름답게 담겨 있어요. 도입부도 그렇고. 햇볕이 따스하게 비춰 가슴을 덥히는 부분이 인상적이예요. 작년이랑 느낌이 확 다르네요. 이래서 매년 후추의 연주를 들으러 오는 재미가 있다니까요."

　봄의 신은 살짝 미소 지으며 후추 쪽으로 걸어갔다. 새하얀 얼굴에 길쭉한 키 때문일까, 나란히 서 있는 봄의 신과 후추는 어딘가 닮아 보였다.

　"햇볕으로 가슴이 채워지는 따뜻한 느낌을 넣은 건 정말 잘했어요. 이번 겨울은 작년보다 춥고 어려운 일이 많을 테니 포근하게 감싸주는 느낌이 더 많이 필요할 겁니다. 내년 봄에 뭐가 필요할지 잘 봐뒀네요. 훌륭해요. 다만 그 따스함이 오래 지속됐으면 좋겠는데. 작은 풀들이 햇살을 받고 고개를 들 시간을 벌어줬으면 좋겠어요. 풀들은 큰 나무들에 비해 햇빛을 받고 깨어나는 데 시간이 좀 더 필요하죠. 특히 그늘진 곳에 자리 잡은 작은 풀들한테는 힘겨운 겨울이 될 터라 다시 봄이 찾아왔다는 의미가 확실히 드러났으면 해요. 힘든 여행을 갔다가 안락한 집에 돌아온 것처럼 환영하는 느낌이 좀 더 강하게 들 수 있도록 말이죠."

봄의 신이 후추의 한쪽 어깨에 손을 얹었다. 후추의 뺨에 작은 보조개가 생겼다. 후추가 웃는 걸 보니 피아의 가슴이 두근거렸다. 왜 이러지? 피아는 고개를 흔들었다.

후추는 다시 기계 앞에 앉았다. 이번에는 구슬이 떨어지는 대신 바닥의 천이 울리고 줄이 튕기면서 연주가 시작됐다.

후추와 봄의 신이 안개를 조율하는 과정은 흥미진진했다. 계속 바뀌는 후추의 연주도 신기했지만, 바뀐 연주를 듣고 봄의 신이 내는 의견을 듣는 재미가 있었다.

"첫 부분은 지금보다 한 개구리 뜀박질만큼 느리게, 온도는 목련 나무가 깨어날 정도까지 살짝 올려서 들어가는 걸로 바꿔보면 어떨까요?"

봄의 신이 수정 사항을 얘기하고 후추가 연주하고 다시 수정 사항을 얘기하기를 여러 번, 마침내 봄의 신은 이대로 안개를 만들어 달라고 말했다. 객석에서 환호와 박수가 이어졌다.

조율이 끝나자 후추는 자리에서 일어났다. 개구리는 입을 헤벌쭉하게 벌린 채 멍하니 서 있다가 거미가 옆구리를 꾹 찌르고서야 정신을 차리고 후추에게 망토를 건넸다.

"개구리는 왜 저래? 완전 얼빠진 얼굴을 하고선."

"개구리를 겨울잠에서 깨어나게 하는 게 봄의 신이잖아요. 자기를 깨우는 운명의 신이라나, 뭐라나. 그래서 매년 봄의 신이 올 때마다 저래요."

안내자는 별일 아니라는 듯 손을 내저었다.

"이젠 공장을 둘러볼 차례죠?"

후추와 봄의 신은 공장 안쪽으로 향했다. 봄의 신은 매년 주문을 마치고 공장을 둘러보며 하나하나 살핀다고 했다.

후추와 봄의 신이 떠난 뒤, 거미는 후추가 연주했던 기계를 손보기 시작했고 도깨비들은 유리병을 치우려고 움직였다. 꿈들은 평소보다 두세 배 밝아진 것 같았다. 르띠따들까지 떠나자 봄의 정령들과 안내자, 피아와 미치 아저씨만 남았다. 피아는 봄의 정령들과 술래잡기를 하며 노는 안내자를 보다가 문득 의문이 생겼다. 평소에 공장을 소개하는 건 자신의 몫이라고 외치던 안내자가 왜 공장 점검에 따라가지 않았지?

"안내자, 왜 너는 봄의 신과 함께 가지 않은 거야?"

"신들의 일이니까 전 갈 수 없어요."

"신들의 일이라고? 그럼 후추도 신이야?"

"네, 당연하죠. 그렇지 않으면 이런 특별한 공장을 누가 운영할 수 있겠어요."

기껏해야 피아보다 한두 살 많아 보이는 남자아이가 신일 수 있다니! 믿을 수 없었다.

19

*

잔상

봄의 신은 공장을 둘러본 뒤에 심사 결과를 발표한다고 했다. 안개 공장 직원들이 자부심을 갖고 기다리는 시간이라고 했다. 하루 종일 보이지 않던 봄의 신과 후추가 돌아왔다는 말을 듣고 피아가 달려갔을 땐 이미 다른 공장 직원들이 좋은 자리를 다 차지한 뒤였다.

피아는 까치발도 들어보고 제자리에서 뜀박질도 해봤지만, 바로 앞에 서 있는 덩치 큰 도깨비들에 가려 봄의 신을 볼 수 없었다. 봄의 신이 떠나기 전에 다시 보고 싶었는데. 어려울 것 같았다.

"안개 공장을 방문하는 건 설레는 일입니다. 올해도 제게 선물 같은 시간을 선사해줘서 고맙습니다. 결과를 발표하기 전에, 각자의 능력으로 최선을 다해 최고의 안개를 만들어주시는 여러분께 박수를 보냅니다."

봄의 신의 말대로 안개 공장 직원들은 각자가 가진 능력을 발휘해 안개를 만드는 데 일조했다. 세심하게 안개 재료를 수집해 오는 르띠아, 재료를 손질하는 도깨비, 기계를 작동시키고 수리하는 개구리와 거미, 손님을 상대하는 안내자. 각자 자신이 맡은 역할과 찰떡이었다.

"최고 신 위원회에서 잊힌 것들의 동굴에 있는 안개 공장에 거는 기대가 큽니다. 우주의 다양한 존재가 여기서 만들어지는 안개 제품을 사용하며 많은 도움을 받고 있습니다. 여러분이 노력하는 만큼 우리도 온 힘을 다해 안개 공장을 도울 겁니다. 그러기 위해서는 지금까지 그래왔던 것처럼 높은 기준을 맞춰야겠지요. 그럼 심사 결과를 발표하겠습니다."

바로 앞에 있던 도깨비가 살짝 옆으로 옮겨 섰고 마침내 피아는 봄의 신을 볼 수 있었다. 피아는 봄의 신과 눈이 마주쳤다. 깊고 반짝이는 눈은 모든 걸 알고 있는 것 같았다.

쓰러져 있는 남자.
남자를 부축하는 한 여자.

순간 번쩍하며 아까 본 잔상 속 남자가 다시 보였다. 한 여자가 산속에 쓰러져 있던 남자를 부축했다. 시간이 멈춘 것 같았다. 다시 한 번 피아의 목걸이가 달아올랐다. 촘촘하게 서 있던 무리가 갑자기 둘로 갈라지기 시작했다.

"피아야…."

미치 아저씨가 겨우 들릴 만한 목소리로 말했다. 아저씨는 시선을 한 곳에 고정한 채 몸을 부들부들 떨고 있었다.

봄의 신이 갈라진 무리 사이로 걸어오고 있었다. 봄의 신이 가까워질수록 아저씨는 몸을 더 심하게 떨었다. 봄의 신은 미치 아저씨와 피아 앞에 멈춰 섰다. 달콤한 목련 향과 향긋한 쑥향이 짙어졌다.

"후추, 여기 인간이 있네요. 그것도 둘씩이나."

가슴이 덜컹 내려앉았다.

"잊힌 것들의 동굴에 외부 존재가 머무는 게 위험하다는 걸 후추도 잘 알 텐데요?"

"죄송합니다. 곧 돌려보낼 겁니다."

"동굴이 아무리 우주의 시간을 피해 간다 하더라도 우주의 법칙까지 거스를 순 없는 법이에요."

봄의 신은 타이르듯이 말하고 작게 한숨을 내쉬었다.

"시간이 얼마 남지 않았어요. 빨리 돌려보내는 게 좋을 거예요."

봄의 신은 미치 아저씨의 어깨에 손을 얹었다. 봄의 신 앞에 선 아저씨는 꼭 어른 앞에 선 아이 같았다.

"과거의 찬란했던 시절을 잡고 있다고 행복해지지 않아요. 이젠 그들도 떠날 수 있게 놓아주세요. 진정으로 자신이 원하는 게 뭔지 내면의 소리를 들어봐요. 그럼 무얼 해야 하는지 명확해질 거예요."

덜덜 떨리던 아저씨의 몸이 젤리처럼 축 늘어졌다. 아저씨는 고개를 거듭 끄덕이며 봄의 신을 올려다봤다.

봄의 신이 고개를 돌려 피아와 시선을 맞췄다.

아픈 남자를 간호하는 여자.
피아에게 미소를 짓고 이마에 입을 맞추는 남자.

새로운 장면들이 스쳐 지나갔다. 남자는 땀을 흘리며 누워 있었는데 금방이라도 눈을 감을 것처럼 보였다. 남자를 부축했던 여자가 남자를 간호하고 있었다. 다음 장면에서는 남자가 미소를 지으며 피아의 이마에 입을 맞췄다.

한쪽 벽면을 가득 메운 작은 서랍장. 나나 할머니가 말린 약초를 넣어두는 서랍장과 비슷했다. 설마 약방인가?

봄의 신은 이미 몸을 돌려 군중을 향해 서 있었다. 피아가 본 장면들이 뭔지 모르겠다. 봄의 신을 볼 때마다 같은 일이 반복됐는데 봄의 신과 연관이 있는 걸까? 어떻게?

"후추, 신의 규칙은 무슨 일이 있어도 지켜야 해요. 안개 공장의 기본 규칙들. 특히 들어온 주문을 거절하지 않는 것."

"네, 잘 알고 있습니다. 숙지하고 있습니다."

"후추는 지혜롭게 처리할 거라 믿어요. 그렇지만 규칙은 규칙이니 한 번 더 비슷한 일이 벌어지면 앞으로 일을 맡기기가 어려워요. 만약에라도 다음 등급 심사에 떨어져 신 선정 공장에서 빠지면 공장에도 좋을 게 없어요. 물론 이쪽에서는 따라올 곳이 없다는 걸 알지만, 나도 내 일을 해야 하니까. 부탁할게요. 오늘 심사 결과는…."

도깨비들이 침을 꼴깍 삼키는 소리가 들렸다. 르띠따들은 옷 주름을 만지작거렸고 안내자의 몸에서는 모래가 흘러내렸다. 개구리의 몸은 빳빳해졌고 거미의 몸에서는 거미줄이 끊임없이 나왔다. 심지어 후추까지 긴장한 기색이었다.

"통과예요. 결과는 이미 위원회에 통보했어요."

"감사합니다!"

후추는 주먹 쥔 양손을 들어 올렸다. 공장 곳곳에서 환호가 이어졌다. 르띠따들은 뾰족모자를 공중으로 던졌고 도깨비들은 서로의 몸을 부딪히면서 요란한 소리를 냈다.

떠들썩한 가운데 봄의 신은 피아에게 다가와 피아의 어깨에 손을 얹었다. 피아의 마음 깊은 곳에 있던 빗장이 열리며 부드러운 기운이 들어왔다. 내면에 있던 작은 근심마저 사라지는 것 같았다. 몸도 마음도 매우 가벼워졌다.

봄의 신은 무릎을 낮춰 피아와 눈높이를 맞췄다.

"이제야 만났네요. 잘 간직해줘서 고마워요."

"네? 간직하다니요? 뭘요?"

"결국 원하는 바가 이루어질 거예요. 포기하지 않고 그걸 계속 쫓는다면요."

봄의 신은 피아를 향해 눈을 찡긋하며 웃었다.

"이건 선물. 항상 가지고 있어요."

봄의 신이 피아의 손에 무언가를 올려놓았다. 나비 모양 핀이었다.

"그동안 많이 보고 싶었어요. 우리 아이 많이 컸죠?"

봄의 신은 피아의 목걸이를 손가락 끝으로 눌렀다. 느낌 탓인지 몰라도 목걸이가 따뜻해지는 것 같았다.

뚱딴지 같은 말이었다. 피아는 주변을 살폈다. 다들 심사 결과에 환호하느라 누구도 봄의 신과 피아에게 관심을 가지지 않았다. 봄의 신은 일어나서 후추를 향해 걸어갔다.

"이번에도 공장에 들른 보람이 있네요. 연주 정말 잘 들었어요. 이제 안개 재료를 줄게요."

봄의 신이 두 손을 모았다 펴자 조금 전까지만 해도 비어 있던 손바닥에 가운데가 오목하게 말린 나뭇잎이 생겼다. 나뭇잎 안에는 한 줌의 흙이 있었다. 봄의 신이 입김을 불었다. 이내 흙에서 작은 싹이 트더니 녹색 줄기가 올라오기 시작했다. 줄기 끝에 흰 꽃봉오리가 맺혔고, 마침내는 꽃이 활짝 피었다.

피아는 한눈에 꽃을 알아봤다. 지금은 불타 사라진 꽃밭의 진짜 주인, 피아의 요새를 가득 메웠던 이름 모를 들꽃이었다.

"올해도 생명을 일깨우는 안개를 맡겨주셔서 감사합니다. 정해진 시간에 맞춰 보내드리겠습니다."

후추는 안주머니에서 새하얀 천을 꺼내 나뭇잎에 자란 꽃을 받았다.

"얼어붙은 마음이 녹고 있네요. 이제 곧 후추의 마음에도 꽃이 피겠어요."

봄의 신이 웃으며 후추의 어깨에 손을 올렸다.

"네? 무슨…."

"내년에 봐요."

봄의 신은 정령들을 이끌고 공장 입구로 향했다. 봄의 신 무리가 떠나면서 상쾌한 풀 내음, 꽃 내음도 점차 옅어지다 사라졌다. 그들이 떠나간 자리에는 녹색 풀과 알록달록한 꽃잎이 떨어져 있었다.

봄의 신이 떠난 뒤 피아는 방으로 돌아와 선물 받은 핀을 살폈다. 파란색과 보라색이 오묘하게 섞인 날개. 움직이지 않을 뿐 살아 있는 나비라고 해도 믿을 것 같았다. 이제까지 본 장신구 중에 가장 아름다웠다. 예쁜 핀을 하고 다니는 애들을 보면 부러웠지만 한 번도 갖고 싶다는 내색은 하지 않았다. 핀 하나를 사려면 나나 할머니가 왕진을 열 번 넘게 가야 했으니까.

피아는 핀을 꽂아보려다 멈췄다. 수피아, 할머니를 구할 방법을 아직 찾지 못했는데 겨우 핀 하나 받았다고 기뻐하면 안 되지. 피아는 핀을 주머니에 집어 넣었다.

그날 밤, 피아의 목걸이는 잠깐이지만 환하게 빛났다.

20

＊

미치 아저씨의 위기

봄의 신이 다녀간 후로 미치 아저씨는 더 이상 밤마다 울지 않았다. 봄의 신이 무엇을 했는지 모르겠지만, 미치 아저씨는 봄의 신을 만난 뒤로 편안해 보였다. 아저씨가 조용한 이유는 하나 더 있었다.

"요즘 후추님이 부쩍 꿈 수집에 관심이 많아서 꿈을 더 많이 찾아보려고 애쓰고 있어."

미치 아저씨는 피아가 일어나기도 전에 나가서 피아가 일을 끝내고 쉴 때쯤 들어오곤 했다. 돌아오면 항상 녹초가 되어 금세 잠들었다.

하루는 피아가 청소를 끝내고 방으로 돌아가는데 미치 아저씨와 후추가 공장 입구에 서 있는 걸 봤다. 후추가 무어라 말하자 아저씨는 후추에게 검은 천에 싸인 무언가를 건넸다. 천을 들춘 후추의 얼굴이 창백해졌다. 후추는 큰 소리로 외쳤다.

"안내자! 안내자! 당장 코마를 불러. 그자의 안개를 후한 값에 쳐주겠다고 호출해. 최대한 빨리 오라고."

안개 사냥꾼 코마? 르띠따들이 했던 말이 떠올랐다.

후추가 열었던 건 꺼져버린 꿈을 담은 상자가 틀림없었다. 후추는 왜 꺼져가는 꿈을 수집하는 거지? 코마에게서 무엇을 사들이려는 걸까? 평소 목소리를 높이지 않던 후추가 소리를 지른 것도 이상했다.

후추의 수상한 행동 말고도 피아가 풀어야 할 수수께끼는 많았다. 봄의 신을 만났을 때 봤던 이미지는 무엇이었을까? 나를 보고 웃던 남자는 누구지? 여자는 나나 할머니였나? 왜 나나 할머니의 약방이었지? 봄의 신은 왜 나한테 고맙다고 한 걸까? 내가 뭘 간직하고 있다는 걸까? 이제야 만났다니, 봄의 신은 날 알고 있었던 걸까? 질문들이 꼬리에 꼬리를 물고 이어져서 그날 밤도 피아는 잠들기 어려웠다.

"결국 원하는 바가 이루어질 거라고?"

피아는 봄의 신이 자신에게 남긴 수수께끼 같은 말을 되뇌었다.

비명 소리가 들렸다.

피아는 놀라서 벌떡 일어났다. 머리가 지끈거렸다. 피아의 방에는 아무도 없었다. 그렇다면 옆방에서 나는 소리인데…. 피아는 미치 아저씨의 방으로 달려갔다.

피아가 짐작했던 대로 비명을 지르고 있는 건 미치 아저씨였다. 그 옆에는 안내자가 서 있었다. 별다를 게 없어 보였는데… 아저씨의 왼손 손가락 몇 개가… 흐릿한 게 마치 유령 손 같았다.

"아저씨 손가락이…."

피아는 너무 당황해서 말이 나오지 않았다.

"여길 나가실 때가 됐네요."

"안내자, 후추님을… 제발 후추님을 불러줘."

아저씨가 숨을 헐떡였다.

후추가 오면 짠 하고 아저씨 손가락이 고쳐질 줄 알았는데 상황은 생각보다 심각했다. 후추의 말에 따르면 더 이상 미치 아저씨를 기억하는 사람들이 없어 아저씨의 몸이 사라지고 있단다. 마침내 우려했던 일이 일어났다.

나도 곧 사라지는 거 아냐? 피아는 양팔로 제 몸을 감싸 안았다.

"어떻게 하시겠습니까? 길어야 이틀쯤이에요. 포기하고 여길 나가셔야 영혼이라도 보존할 수 있어요."

아저씨는 이 상황에서도 가족들을 되살려달라고 말했다.

"생명을 관장하는 신의 특별 허락이 없다면 이미 죽은 인간을 되살아나게 할 수 없습니다. 누누이 말씀드렸을 텐데요."

"가족 모두가 안 된다면 제 아들만이라도 안 됩니까? 아무것도 모른 채 죽었습니다. 이런 억울한 경우가 어디 있습니까?"

"생명을 관장하는 신한테 하소연할 일이지 제가 개입할 일이 아닙니다."

"지금까지 제가 여기서 일한 건 뭐가 됩니까?"

"아무도 시키지 않았을 텐데요."

"죽은 가족들도 못 살려내고 이대로 제 영혼이 사라지면 어떡합니까…."

"그냥 여길 나가시면 되지 않습니까?"

"아무도 없는 세상 어떻게 살라고 이러십니까…."

미치 아저씨는 바닥에 주저앉아 울기 시작했다.

후추는 차갑다 못해 냉소적으로 말했고, 아저씨는 가족들을 살려주지 않으면 나갈 수 없다고 떼를 썼다. 이러다가 아저씨는 영영 사라질지도 몰랐다.

"후추, 방법이 없을까?"

보다 못한 피아가 나서자 후추는 무표정한 얼굴로 아저씨를 내려다보더니 말했다.

"죽은 인간들을 살리는 게 아니라 만나는 걸로 마음을 바꾸신다면 가능은 합니다."

미치 아저씨는 울음을 그치고 커다래진 눈으로 후추를 쳐다봤다.

"만난다뇨?"

"'영혼을 보는 안개'를 말씀하시는 겁니까, 후추님?"

안내자가 묻자 후추가 고개를 끄덕였다.

"영혼을 보는 게 가능하다고요?"

이제 미치 아저씨의 두 눈은 거의 튀어나올 것 같았다.

"'영혼을 보는 안개'는 무당분들, 예언가분들이 많이 찾으시는 제품입니다. 멀리 모험을 떠나시는 분들이나 통치하시는 분들에게서 주문이 많이 들어오기도 했죠. 요즘에는 잊힌 안개지만요. 그렇지만…."

안내자가 말을 멈췄다.

"그렇지만, 뭐?"

"'영혼을 보는 안개'는 영혼 세계와 인간들이 지내는 세계에 혼란을 줄 수 있어 무당과 예언가분들에게만 판매합니다."

"그럼 난 살 수 없다는 거야?"

미치 아저씨가 자리에서 벌떡 일어섰다.

"구매하실 수 있습니다. 다만 일반 인간 손님들이 주문하실 때는 조건이 붙습니다."

후추가 말했다.

"조건이요?"

"공장 안에서만 사용할 수 있습니다."

"괜찮습니다. 당장 사용할 수 있을까요?"

아저씨의 눈이 빛났다.

"이건 특별 제작이라 시간이 좀 걸립니다."

"얼마나요?"

질문을 하는 미치 아저씨의 오른쪽 귀가 조금 옅어졌다. 후추는 눈으로 아저씨의 몸을 훑었다.

"늦어도 내일, 평소 공장으로 돌아오는 시간까지 준비해놓겠습니다."

"감사합니다, 후추님. 정말 감사합니다."

미치 아저씨는 금방이라도 후추를 끌어안을 듯한 자세였다.

"그럼 고객님, 내일 꼭 가족분들 데리고 오세요."

안내자가 서류철에 무언가를 적었다.

"가족들을 데려오라고? 그건 또 무슨 말이야? 내 가족들은 죽었다고 몇 번을 말해!"

아저씨가 크게 소리쳤다. 벌게진 얼굴은 안내자의 얼굴에 닿을 것처럼 가까웠고 몸은 부들부들 떨리고 있었다.

"정확히 말씀드리면 가족 분의 영혼과 함께 안개 공장을 방문해주세요. 그래야 '영혼을 보는 안개'로 만나보실 수 있습니다."

"공장으로 영혼을 데려오라고? 차라리 못 한다고 하지."

아저씨가 다시 자리에 털썩 주저앉았다.

"영혼을 데려오는 건 어떻게 하는 건데?"

피아는 어떻게든 아저씨를 도와주고 싶었다.

"영혼이 깃든 물건을 가져오시면 영혼은 따라옵니다. 물론 고객님이 그분들이랑 한 맺힌 원수이기라도 하면 영혼들이 대부분 고객님을 따라다니기 때문에 영혼이 깃든 물건 없이도 만나보실 수 있습니다."

안내자는 상황 파악을 못 하는 건지 아니면 그냥 설명하는 게 기쁜 건지, 특유의 명랑한 목소리로 설명했다. 안내자가 신이 나서 설명할수록 아저씨의 몸은 점점 작아졌다.

"전쟁에 가진 거 하나 없이 떠돌던 팔자인데 영혼이 깃든 물건이라고? 겨우 안개 공장을 찾아왔는데 왔던 길을 되돌아가라고? 그러다 영원히 못 만나면?"

미치 아저씨는 다시 흐느껴 울었다. 피아는 그런 아저씨가 딱했다.

"후추, 다른 방법은 없어?"

"잊힌 것들의 동굴에 없는 게 있던가요?"

후추는 대답하는 대신 미치 아저씨에게 물었다. 아저씨는 울음을 그치고 고개를 들었다.

"없죠…. 없었죠. 세상에는 없어도 잊힌 것들의 동굴에는 존재할 수 있겠죠…."

말을 잇던 미치 아저씨가 무언가 깨달았다는 듯이 "아!" 소리쳤다.

"그럼 도착하시는 시간에 맞춰서 찾으시는 상품을 준비해놓겠습니다. 꿈 수레를 가져가셔도 좋습니다."

후추는 몸을 돌려 출구로 걸어갔다.

"그런데 이 큰 동굴 어디에서 찾으라는 겁니까?"

미치 아저씨가 소리쳤지만 대답은 없었다. 아저씨의 퀭한 두 눈은 어딜 바라보는지 알 수 없었다.

"아저씨, 제가 같이 찾아드릴게요."

그제야 아저씨의 눈에 초점이 돌아왔다.

21

✳

영혼이 깃든 물건

피아는 유리병을 높이 들었다. 제일 밝은 유리병을 가지고 나와
서 그런지 아니면 세 번째 방문이라 익숙해져서 그런지 잊힌 것들
의 동굴은 지난번보다 덜 오싹해 보였다.

미치 아저씨는 멍하니 바닥을 내려다보고 있었다. 이제는 어깨
도 서서히 옅어지고 있었다. 자칫하면 아저씨는 영원히 사라지고
말 것이다. 나한테는 시간이 얼마나 남았을까? 사라질지도 모른다
는 생각을 하니 우울해졌다.

"아저씨, 우리 지금 어디로 가는 거예요?"

아무런 대답이 없었다.

"아저씨?"

아저씨가 걸음을 멈췄다.

"가족들 물건을 어떻게 찾지? 잊힌 것들의 동굴은 지금까지 이

세상에 존재해온 사람들과 앞으로 살아갈 사람들이 쓰던 물건을 다 담고도 남을 만큼 크다는데…. 이러다 영영 가족들을 못 보면 어떡하지? 차라리 내가 여기서 사라지는 게 나은 걸까?”

미치 아저씨는 금방이라도 울음을 터뜨릴 것 같았다.

“무슨 일이 있어도 꼭 만나실 거예요. 전 굳이 영혼이 담긴 물건 그런 거 없어도 만나실 수 있을 거라 믿어요. 안내자도 그랬잖아요, 영혼이 따라다니면 그런 거 없이도 만날 수 있을 거라고. 제가 아저씨 가족이라면 분명 아저씨 곁에 있을 거예요.”

잠깐 동안 미치 아저씨의 눈이 밝게 빛났지만, 이내 안색이 어두워졌다.

“그런데 아니라면 어떡하지….”

“그럴 리가 없어요…. 전 부모님을 한 번도 본 적이 없어요. 두 분 다 제가 아주 어릴 때 돌아가셨거든요. 이건 두 분이 저한테 남긴 유일한 물건이에요.”

피아는 아저씨에게 목걸이를 보여주었다.

“항상 걸고 다니면서 생각날 때마다 만져봐요. 그럼 옆에 계신 것 같아서 든든하거든요. 두 분의 영혼은 항상 저와 함께한다고 나나 할머니가 그러셨어요. 보지 못한다고 없는 건 아니잖아요.”

미치 아저씨는 눈물이 그렁그렁한 눈으로 피아를 바라봤다.

“네 말이 맞다. 여기까지 왔는데 내가 할 수 있는 건 다 해봐야지. 고맙다, 피아야….”

미치 아저씨는 말끝을 눌렀다.

피아와 미치 아저씨는 말없이 걸었다. 아저씨는 생각에 잠긴 듯했다. 피아는 동굴에 있는 물건들을 관찰했다. 깨진 화분, 부서져서 알아보기 힘든 동상, 얼룩덜룩한 붓과 찢어진 이젤을 지나니 베개가 한 무더기 쌓여 있었다.

푹신하고 따뜻한 이불이 있으면 좋겠다. 보드라운 이불이 있으면 가져갈 텐데…. 안내자가 가져다준 담요로는 동굴의 냉기만 겨우 피할 수 있을 뿐, 눅눅하고 으스스한 공기까지는 막지 못했다.

우연찮게도 바로 몇 발자국 지나자 피아가 바랐던 이불 무더기가 나타났다. 하지만 어떤 이불은 너무 컸고 어떤 이불은 너무 거칠었다. 그나마 발견한 작은 이불은 꽤 무거웠다. 포기하고 이불더미에서 빠져나가려는 순간, 도톰한 이불 사이로 삐죽 튀어나온 털이 눈에 띄었다. 위에 쌓인 이불들을 치우니 보드라운 털이불이 나왔다. 피아가 쓰는 담요보다 훨씬 도톰하고 아늑했으며 신기하게도 가벼웠다.

"완벽해."

피아는 이불을 품에 안았다.

잊힌 것들의 동굴에는 정말 무엇이든 다 있는 것 같았다. 한쪽 다리가 부서진 의자, 깨진 맷돌, 이 빠진 그릇 등 아무짝에도 쓸모없는 물건들이 계속 나타났다. 그러다 문득 소맷부리가 다 해지고 군데군데 구멍이 난 낡은 옷이 눈에 띄었다.

"어? 아저씨, 저 옷 아저씨 옷이랑 비슷한데요. 혹시 아저씨 것 아니에요?"

미치 아저씨는 피아가 가리킨 옷과 자신의 옷을 번갈아 쳐다보더니 웃는 건지 우는 건지 헷갈리는 소리를 냈다.

"지금은 다 해지고 더러워졌지만 이게 원래 이런 옷은 아니었어. 수수하지만 깔끔한 옷이었지. 아내도 내가 입은 옷을 좋아했는데 말이야. 내가 양품점을 차릴 뻔했다는 건 얘기했지?"

피아가 고개를 끄덕였다.

"우리 부모님은 실력 있는 재단사였어. 나는 부모님이 일하시는 걸 자주 구경했는데 특히 어머니가 만드는 여성복이 너무 좋았어. 색깔도 화려하고 옷감도 디자인도 다양해서 상상력을 맘껏 발휘할 수 있었거든. 네가 온 곳은 어떤지 모르겠지만 내가 살던 곳에서 남자인 난 남성복만 만들 수 있었어. 남자를 위한 옷은 정해진 규칙대로 딱딱하고 칙칙하고 재미없게 만들어야 했지. 옷을 만드는 건 좋았지만, 고만고만한 옷만 만들어야 한다고 생각하면 정말 괴로웠어. 나는 화려하고 아름답고 세상에 하나뿐인 옷을 만들고 싶었거든."

아저씨는 말을 멈췄다. 회상에 젖은 듯했다.

"그래서 어떻게 했는데요?"

"하루는 문 닫힌 양품점에 몰래 들어가서 밤새 나만의 옷을 만들어봤지. 아직도 기억나, 비단 옷감을 처음 만져봤을 때 심장이 어찌나 빨리 뛰던지!"

미치 아저씨의 얼굴에 미소가 드리워졌다가 서서히 걷혔다.

"…전쟁이 일어난 날은 내 이름을 건 양품점을 처음 여는 날이었어. 새벽같이 집을 나섰지. 그런데 양품점에 거의 도착했을 때, 공습 경보가 울려 퍼졌어. 얼마 안 가 공습이 덮쳤고 양품점도 집도 알아볼 수 없게 파괴됐어. 많은 사람이 죽었지. 그중에는 우리 부모님도 계셨고…. 세상에서 가장 기쁜 날이었는데 가장 슬픈 날이 되어버린 거야…. 하루 만에 모든 걸 잃고 바닥에 나앉았지. 그리고 그때 캐롤을 만났어."

그때를 떠올리는지 아저씨는 한동안 말이 없었다.

"캐롤과 함께한 시간은 행복했어, 정말로…. 그런데 캐롤과 아이 모두 데려갈 줄이야. 세상은… 신은… 내게서 사랑하는 것과 소중한 사람들을 다 데려가버렸어. 우리 부모님도, 내가 처음 만든 옷도, 아내와 아이도… 모두…."

미치 아저씨는 소리 죽여 울면서도 가족들 물건을 찾는 것을 멈추지 않았다. 피아도 눈물이 나오려는 것을 꾹 참고 물었다.

"아저씨, 아내분이 어떤 옷을 좋아하신다고 하셨죠? 그 옷을 찾아보면 되지 않을까요? 신기하게 제가 아까 이불이 필요하다고 생각했더니 바로 나타난 거 있죠."

피아는 아저씨에게 이불을 보여줬다.

"저처럼 아저씨한테 딱 맞는 옷을 찾을 수 있지 않을까요? 가족

분들도 분명 아저씨가 잘 지내는 모습을 보고 싶어할 거예요. 생각해보면 여긴 없는 게 없는 보물 창고 같은 곳이잖아요."

"그치, 잊힌 것들의 동굴에는 없는 것이 없으니까…."

그때였다. 또각거리는 구두 소리가 들렸다. 빠르지도 느리지도 않은 속도로 누군가가 그들을 향해 걸어왔다.

"거기 누구예요?"

미치 아저씨는 소리가 들려오는 쪽으로 유리병을 들이밀었다. 이윽고 구두 소리의 주인공이 모습을 드러냈다.

후추였다. 까만 옷을 입었기 때문인지 하얀 얼굴 외에는 아무것도 보이지 않았다. 마치 어둠 속에 얼굴만 둥둥 떠 있는 것 같았다. 구두 소리가 들리지 않았더라면 후추가 가까이 오는 줄도 몰랐을 것이다.

"이건 엄연한 계약 위반이야. 맡은 일도 안 하고 또 공장 밖으로 나가?"

후추의 낮고 투명한 목소리가 동굴 안에 울려 퍼졌다.

"수집가님 도와주려고-"

"고객을 돕는 건 안내자와 내 몫이고 넌 안개 공장 일을 해야 하는 거라고. 놀러 온 게 아닐 텐데. 안전하게 집으로 돌아가고 싶으면 넌 네가 맡은 청소나 열심히 해."

"그렇지만-"

"동굴은 네가 있을 곳이 아냐. 빨리 따라 들어와."

피아 바로 앞까지 다가온 후추가 허리를 숙여 얼굴을 들이밀었다. 피아가 뒤로 물러나자 후추가 피아의 손을 잡아당겼다. 후추의 손은 얼음장같이 차가웠다. 피아는 후추의 손을 뿌리쳤다. 그 순간 후추가 먼발치에서 망토를 휘날리며 걸어가는 게 보였다.

이상하다. 분명 후추는 바로 앞에 있었는데…. 피아는 주변을 살폈다. 방금 전까지 옆에 있던 미치 아저씨가 보이지 않았다.

"아저씨?"

목소리가 메아리가 되어 퍼져 나갔다. 차갑고 눅눅한 공기, 기계의 소음.

후추가 무슨 마법을 부렸는지, 피아는 안개 공장에 있었다.

22

✳

영혼을 보는 안개

"수집가님 오셨어? 안개는 준비됐어?"

다음 날, 피아는 눈을 뜨자마자 안내자를 찾았다.

"영혼을 보는 안개를 주문하신 고객님 말입니까? 아직 도착하지 않으셨고 안개는 지금 마무리 작업 중입니다."

미치 아저씨의 명칭은 어느새 '수집가'에서 '고객'으로 바뀌어 있었다. 여긴 참 이상한 곳이라니까. 피아는 고개를 내저었다.

"빨리 돌아오셔야 할 텐데. 설마 아저씨 몸이 사라지거나 한 건 아니겠지?"

"그러지 않길 바라야죠. 영혼을 보는 안개는 유효 기간이 짧아서 빨리 오시긴 해야 할 거예요."

"얼마나 되는데?"

"길어야 한두 시간일 거예요. 그 후에는 효력이 없어져요."

피아는 청소하는 내내 공장 입구를 힐끔힐끔 쳐다봤다. 미치 아저씨가 가족들의 물건을 찾았는지, 사라지지 않고 제시간에 도착할 수 있을지, 혹시 벌써 사라진 건 아닌지 알 길이 없었다.

만약 아저씨가 어딘가에 갇혀서 몸이 사라졌다면 어쩌지? 아니면 도착했는데 안개의 효력이 다하면? 입구가 조용할수록 피아는 초조해졌다.

"안내자, 고객님 아직 안 오셨어?"

후추가 나타났다.

"네. 어떻게 할까요?"

"어떡하긴 뭘 어떡해. 원칙대로 안개를 폐기해야지."

"안 돼! 조금만 더 기다려줘."

피아가 소리치며 후추에게 달려갔다. 가족들을 만나겠다는 아저씨의 간절한 소망을 이대로 산산조각 낼 수는 없었다.

"네가 이런다고 도와줄 수 있는 게 아니라고 말했을 텐데."

후추는 안내자 쪽으로 몸을 돌렸다.

"곧 오실 거야. 조금만 더 기다려줘."

피아가 후추의 손을 붙잡았다. 순간 찌릿하며 어떤 꼬마와 여자와 남자가 있는 사진이 눈앞에 스쳐 지나갔다. 후추는 피아 쪽으로 몸을 돌리더니 피아를 빤히 쳐다봤다. 피아의 얼굴이 달아올랐다. 피아는 후추의 손을 놓았다.

"각자의 운명이라는 게 있는 거야. 안내자, 이제 폐기-"

"저기요! 저 왔습니다!"

미치 아저씨였다. 아저씨는 땀범벅인 채로 가쁜 숨을 몰아쉬었다. 피아가 '이제 됐지?' 하는 표정으로 후추를 쳐다봤고 후추는 다시 한 번 피아를 빤히 쳐다봤다. 얼굴이 다시 화끈거렸다. 결국 피아가 먼저 시선을 돌렸다.

"그럼 준비해, 안내자."

안내자가 뒤뚱거리며 어딘가로 향했다.

"고객님, 안개는 준비되었습니다. 고객님께서 편하실 때 말씀해주시면 언제든 사용하실 수 있습니다."

후추가 말했다.

"준비됐어요. 항상 준비돼 있었지요. 제게 시간이 얼마나 남았나요? 오래 보고 싶은데."

후추는 아무 말 없이 아저씨의 몸을 위아래로 훑었다. 아저씨의 몸은 이제 뒤쪽이 비칠 정도로 흐릿했다. 언제 꺼질지 모를 촛불처럼 위태로워 보였다.

"길지 않다는 거 압니다. 사실대로 말해주세요. 부탁합니다."

"안개 사용 시간을 반나절로 맞춰놨습니다. 그게 제가 드릴 수 있는 최대한입니다. 시간을 얼마를 드리든 아쉬우시겠지만 그 정도면 밀린 이야기는 할 수 있으시겠죠. 끝나면 공장을 바로 나가셔야 합니다."

"네, 알겠습니다."

"그럼 따라오시죠."

후추가 안개 기계 사이로 걸어갔다. 피아는 아저씨 옆으로 갔다.

"아저씨, 시간 맞춰 돌아오셔서 다행이에요. 걱정 많이 했어요."

"너도 무사히 돌아왔구나. 그렇게 사라져서 걱정했거든. 가족들이 쓰던 물건은 찾지 못했어. 대신, 이거."

미치 아저씨는 알록달록한 무늬가 있는 옷을 보여주었다.

"네가 사라진 후에 찬찬히 생각해봤어. 네 말대로 가족들을 만나려면 누추한 모습을 보이면 안 된다는 생각이 들었어. 우리 가족에게도 예쁜 옷 한 벌 지어주지 못했다는 생각에 속상했는데 마침 동굴 한쪽에 옷감이 무더기로 쌓여 있지 뭐야. 색깔도 재질도 근사한 옷감이었어. 바로 옆에 재봉틀까지 있었어. 거기 앉아서 밤새 가족들을 위한 옷을 만들었어. 아내와 아들에게 내가 만든 옷을 주고 싶었거든. 입진 못하겠지만 그냥 보여주기라도 하고 싶었어. 신나서 만들긴 했는데 가족들이 쓰던 물건이 아니라서 걱정되긴 해…. 만날 수 있겠지?"

"꼭 만나실 거예요. 반드시 오실 거예요."

"그래, 그럴 거야."

후추는 피아가 한 번도 가본 적 없는 곳으로 안내했다. 주변은 점점 어둡고 서늘해졌다. 잘 사용하지 않는 기계들을 모아두는 곳인지 기계들은 멈춰 있었다. 대청소 때도 와본 적 없는 낯선 구역이었다. 후추는 아치형 입구 앞에 멈춰 섰다.

"여기입니다. 고글과 마스크는 벗고 들어가주세요."

아저씨의 뺨이 흐릿해져 있었다.

미치 아저씨가 안으로 들어가자 후추는 입구에 서서 피아가 알아들을 수 없는 말을 중얼거렸다. 입구에 반투명한 막이 생겼다. 안내자가 반짝이는 수정을 들고 나타나 후추에게 건넸다. 후추는 수정을 들고 안으로 들어갔다. 피아는 아저씨가 잘 보이는 자리로 옮겨 섰다. 가족들을 만날 수 있다니. 피아가 다 떨렸다. 만약 부모님을 만난다면 자신은 무슨 말부터 꺼낼지 상상도 되지 않았다. 부모님은 어떻게 생겼을까? 피아는 목걸이를 움켜쥐었다.

"그럼 시작합니다."

이내 후추는 피아가 알아들을 수 없는 말을 다시 한 번 중얼거렸고, 후추가 들고 있던 수정에서 안개가 흘러나와 동굴 안을 채웠다. 안이 점점 뿌옇게 흐려졌다. 후추와 미치 아저씨는 안개 속으로 사라졌다.

"캐롤! 톰! 여기 있니?"

미치 아저씨가 외쳤다.

아무 대답이 없었다.

"캐롤! 톰! 내 말 들리니?"

미치 아저씨가 다시 외쳤다.

동굴 안은 조용했다.

"캐롤! 톰! 내가 옷을 지어봤어. 내가 못 해준 게 너무 많아서….

그렇게 떠나서…. 이렇게 못 보면, 이거라도 못 주면… 난… 난….”

미치 아저씨가 흐느꼈다.

‘아빠!’

‘미치!’

그때였다. 꼬마 아이의 목소리와 함께 웃는 여자의 목소리가 들렸다.

‘혼자 고생 많았지, 우리 아가.’

연륜이 느껴지는 목소리도 들렸다.

피아는 숨죽인 채 동굴 입구에 가까이 다가갔다. 그때 후추가 안에서 나와 하마터면 피아와 부딪힐 뻔했다. 피아는 뒤로 물러섰다.

“하여튼 잠시를 가만히 못 있지.”

후추는 망토와 옷에 묻은 안개를 털어냈다. 머리가 살짝 젖어 있었다. 후추의 손을 잡았던 게 떠오른 피아는 양손을 겨드랑이 아래로 숨기며 고개를 돌렸다.

“꼬마 아가씨. 넌 얼른 네 할 일이나 하지? 어제 하루 일 안 한 것까지 최선을 다해서. 그리고 앞으로는 공장 일 방해하지 마.”

목소리에 살짝 웃음기가 섞인 것 같았다. 후추는 구두 소리를 내며 어두운 복도로 사라졌다.

“꼬마 아가씨, 얼른 네 할 일이나 하지? 쳇, 밥맛이야. 난 최선을 다해 일하고 있거든. 방해 안 한다고!”

후추의 구두 소리가 들리지 않을 때쯤에야 피아는 후추가 사라진 곳을 향해 혀를 내밀었다.

"그나저나 아저씨는 오늘도 눈물바다 만드시겠네."

피아는 아저씨가 나오는 것을 기다릴 겸 구경도 할 겸 주변을 청소하기로 했다. 그중 구석진 곳에 있던 작은 안개 기계가 눈에 띄었다. 그 기계는 행운의 안개를 만들어내는 기계처럼 화려하지도 않았고, 귀신들에게 납품하는 안개를 만들어내는 기계처럼 우울해 보이지도 않았다. 지금까지 본 안개 기계들은 건물 몇 채를 쌓아 올린 것과 맞먹을 만큼 컸고 새것처럼 윤이 났다. 반면에 이 기계는 겨우 피아의 눈썹 높이에 올 만큼 작았다. 평범하다 못해 초라해 보이기까지 하는 기계였다. 한 번도 청소하지 않았는지 기계에는 먼지가 마치 기계의 일부처럼 붙어 있었다. 엄청나게 낡은 데다 군데군데 녹슬어 있었다. 원래 색깔은 어땠는지, 아직 작동되기나 하는지 알 수 없었다. 생긴 것도 단순했다. 작은 피아노 같았다.

피아는 미치 아저씨를 도와준 것에 대해 후추에게 고마움을 표현하고 싶었다. 앞에서는 까다로운 척 툴툴거렸지만 아저씨를 위해 안개 사용 시간도 늘려준 것 같았다. 치우는 데 힘은 들겠지만 청소하고 나면 뿌듯할 것 같았다. 대청소 이후 안내자에게서 어떤 기계든 치워도 된다는 칭찬 아닌 칭찬을 듣고 피아는 부쩍 청소에 자신감이 생겼다.

작은 기계는 한 번 쓸고 닦는 것만으로는 역부족이었다. 도깨비들의 동굴에서 웬만한 청소 도구를 다 가져와 몇 번이나 벅벅 문지르니 금방 녹초가 됐지만, 기계는 말끔해졌다. 금방이라도 아름다운 소리를 내며 작동할 것 같아 뿌듯했다.

피아는 기계에 기대앉아 쉬다가 불현듯 동굴로 들어가던 미치아저씨의 모습을 떠올렸다. 어디서 본 것 같은데. 왜 낯익지?

피아는 가방을 탈탈 털어 처음 잊힌 것들의 동굴에서 길을 잃고 헤맬 때 발견한 임신한 여자와 웃음을 억지로 참고 있는 남자가 찍힌 사진을 찾았다. 왜 지금까지 몰랐을까?

"이거 미치 아저씨잖아!"

피아는 벌떡 일어나 아저씨가 있던 쪽으로 달려갔다.

아저씨가 들어간 동굴 앞에는 후추가 서 있었다. 후추는 동굴 안을 뚫어져라 쳐다보다가 인기척을 느낀 듯 피아를 힐끗 보더니 도망치듯 자리를 떴다. 언뜻 본 후추의 눈가와 코끝이 빨갰다. 설마 운 걸까? 에이, 설마? 피아는 고개를 저었다.

이윽고 동굴 안에 있던 안개가 걷히고 아저씨가 밖으로 나왔다. 아저씨는 상기된 얼굴로 피아에게 달려왔다.

"피아야! 네 말이 맞았어. 가족들은 항상 내 곁에 있었대. 옷을 얼마나 좋아했는지 몰라. 말 못 하는 아기였던 톰이 '아빠' 하고 달려오더라. 나도 때가 되면 가족들 곁에서 지낼 테니 그때까지 진짜 열심히 살아보려고."

미치 아저씨의 눈에 눈물이 고였다.

"돌아가서 여자들과 아이들을 위한 옷을 만들 거야. 나처럼 전쟁으로 사랑하는 사람들을 잃고 힘들어하는 사람들을 돕고 싶어. 예쁜 옷을 입고 있으면 꼭 근사한 삶을 사는 것 같으니까. 다들 내 아이와 아내가 살지 못했던 하루하루를 행복하게 살아줬으면 좋겠어. 그런 모습을 보면 나도 행복할 테고. 그게 내가 원래 재단사가 되려는 이유였는데 잊고 있었지 뭐야. 남들이 잊은 꿈을 수집하면서 정작 내가 꿈을 잊어버린 줄은 몰랐어."

피아도 함께 웃었다.

"드릴 게 있어요."

피아는 사진을 건넸다. 사진을 본 미치 아저씨의 두 눈이 커졌다.

"동굴에 처음 들어왔을 때 발견한 건데 그동안 잊고 있었어요. 아저씨 물건이더라고요."

"이런 행복한 추억도 있었는데 내가 그동안 잃은 것들에 집착하느라 정작 소중한 걸 잊고 있었네. 고맙다, 피아야."

미치 아저씨는 연신 사진을 쓸어내렸다.

"나도 줄 게 있단다. 네 앞치마도 만들어봤어. 어두운 색이라 뭐가 묻어도 눈에 띄지 않을 거야."

아저씨가 배시시 웃으며 보라색 앞치마를 내밀었다. 가운데에는 여자 두 명이 손을 맞잡은 채 환히 웃고 있었고 그 위로 해가 떠 있었다. 피아와 나나 할머니가 틀림없었다.

"얼른 문제가 해결돼서 집으로 돌아갔으면 좋겠다. 우리 처음 약속했던 거 기억하지? 여기를 나가서도 널 꼭 기억할게."

미치 아저씨는 피아를 꼭 안아주고는 공장을 떠났다.

23
❋
한밤중 소동

이상한 기척이 느껴져 피아는 눈을 떴다. 누군가 바로 앞에서 자신을 내려다보고 있었다. 피아는 화들짝 놀라서 몸을 일으키다가 자신을 쳐다보고 있던 것에 이마를 박았다. 머리가 깨질 듯이 아팠다. 안내자였다.

"너… 돌… 히잉, 왜 거기 그러고 있어?"

"큰일 났어요. 후추님께서….'

안내자는 말을 잇지 못하고 발만 동동 굴렀다.

"후추가 뭐?"

공장 쪽에서 쨍그랑 깨지는 소리가 울려 퍼졌다. 곧이어 누군가의 절규가 들렸다.

"무슨 일이야?"

"아, 그게… 설명하기 어려워요. 일단 빨리 나와보세요."

안내자는 서둘러 피아의 방을 빠져나갔다. 피아는 카디건을 챙기며 안내자를 뒤따라갔다. 머리가 지끈지끈하고 몸이 뻐근한 걸 보니 아직 한창 잠들어 있어야 할 시간인 것 같았다.

안개 공장에 들어서는 순간, 불협화음이 피아의 귀를 강타했다. 무언가 묵직한 물건이 내동댕이쳐지는 소리가 났다. 그리고 다시 비명 소리. 동굴 안에 있어서 그런지 소리가 더 기괴하게 들렸다. 으스스한 기분에 피아는 옷을 여미며 걸음을 재촉했다. 오늘따라 공장 내부가 더 어둡게 느껴졌다. 대체 후추에게 무슨 일이 일어난 걸까?

누군가 무어라 악을 쓰는 게 들렸다. 소리가 울려서 알아듣기 어려웠다.

안내자를 따라갈수록 소음이 크고 뚜렷해졌다. 낡은 안개 기계들이 하나둘 보였다. 안내자는 안개 기계 사이로 사라졌다. 길 끝에는 공장 직원들이 무리 지어 서 있었다. 어깨가 축 늘어진 도깨비들, 부들부들 떨고 있는 르띠따들, 안절부절못하고 깡충깡충 뛰고 있는 개구리, 천장에 대롱대롱 매달려 있는 거미. 아무도 피아에게 왔느냐고 말을 건네지 않았다. 공기가 무거웠다.

또다시 와장창 깨지는 소리가 나고 안내자를 포함한 공장 직원들이 일제히 뒷걸음질 쳤다.

"누가 그랬어? 누가 다 망쳐놨냐고? 말해. 너야? 네가 그랬어?"

믿을 수 없게도 후추의 목소리였다. 이제까지 계속 악을 쓰고 비명을 지르고 고함친 게 후추였다니.

"누가 기계를 건드렸어? 아무도 건드리지 말라고 했을 텐데."

다들 시선을 돌릴 뿐 아무도 대답하지 않았다.

"이런 바보 같은 짓을 누가 했냐고? 나와! 안 나와? 안내자! 안내자 어디 있어?"

"네, 후추님. 저 여기 있습니다."

공장 직원들이 후추와 안내자 사이에 길을 만들었다. 피아는 그제야 다른 직원들의 표정을 볼 수 있었다. 르띠따들의 얼굴은 누군가 수도 없이 밟고 지나간 낙엽처럼 형편없이 구겨져 있었고, 도깨비들은 입을 쭉 내민 게 꼭 벌 받는 어린아이 같았다. 다들 하나같이 이 자리에 있고 싶지 않은 눈치였다.

길 끝에는 후추가 익숙하지 않은 차림새로 휘청대고 있었다. 항상 잘 정돈되어 있던 머리는 헝클어져 있었고 윤기가 흐르던 망토와 옷은 갈기갈기 찢긴 상태였다. 정말 후추가 맞는 걸까? 누군가 후추로 변장하고 후추 행세를 하는 게 아닐까 하는 생각이 들 정도였다. 안개 공장에서는 무슨 일이든 일어날 수 있으니까.

"누가 그랬냐고? 어서 말 안 해?"

목소리는 차갑고 날카로웠다. 금방이라도 누군가를 해칠 것 같았다.

"누가 여길 치웠어? 왜 아무도 대답을 안 해?"

후추가 가리킨 곳에는 피아가 온종일 청소했던 낡고 작은 안개 기계가 있었다.

"어? 그거 내가 했는데."

피아가 손을 들었다.

도깨비, 르띠따, 거미, 개구리, 안내자가 동시에 피아를 쳐다봤다. 모두 표정이 굳어 있었다. 후추는 핏발 선 눈으로 피아를 노려보았다. 피아가 주춤할 만큼 무서운 눈빛이었다.

"여길 왜 건드려? 하라는 건 안 하고 누가 이 기계 건드리래? 누가 여기 치워달라 그랬어?"

싸가지 없게 말하는 걸 보니 후추가 틀림없었다.

"나보고 안개 공장 청소하라며. 거기가 제일 지저분하던데. 난 내 할 일을 했을 뿐이야."

피아는 억울했다. 하라는 일을 했을 뿐인데 왜 소리를 고래고래 지르고 있는 거야.

"뭐? 네 할 일을 했을 뿐이야? 지금 네가 무슨 짓을 한 줄 알아? 지금까지 한 번도 내가 시킨 일을 제대로 하지도 않은 주제에 뭐? 네 할 일을 했다고? 언제부터?"

"도대체 내가 뭘 잘못했다고 이러는 거야?"

"다 사라졌다고!"

후추가 소리를 빽 질렀다.

"전부 다 사라져버렸어. 이제 난 연주할 수 없어. 다 끝났어."

후추가 휘청였다.

"뭐가 사라졌는데?"

후추가 안개 기계를 가리켰다. 기계는 반짝반짝 윤이 났다.

도대체 뭐가 사라졌다는 거야? 저기서 사라진 거라고는…. 불현 듯 무언가가 떠올랐다. 에이, 설마. 그런데 생각할수록 맞는 것 같았다. 설마, 먼지가 없다고 이러는 건 아니겠지?

"먼지 아냐! 마법의 잿가루라고!"

후추가 소리 질렀다.

"마법의 잿가루?"

안내자는 기계가 깨끗할수록 작동이 잘된다고 했는데…. 피아는 안내자를 곁눈질했다. 안내자는 서둘러 고개를 돌려 천장을 올려다봤다. 몸에서 모래가 흘러내리고 있었다. 기계를 조작하는 거미나 개구리도 피아와 눈을 마주치려 하지 않았다.

"마법의 잿가루가 뭔데?"

피아가 물었다.

"마법의 잿가루가 마법의 잿가루지! 난 끝났어. 더는 연주할 수 없어. 이게 다 너 때문이야."

"기계가 깨끗할수록 작동이 잘된다고 치우라고 했잖아! 내가 뭘 잘못했다는데?"

"이 기계는 달라!"

후추의 얼굴은 점점 빨갛게 달아올랐다.

"이 멍청아. 네가 뭐라도 되는 줄 알지? 넌 마을을 구할 수 없어.

왜냐고? 넌 내가 시키는 대로 하지 않았거든."

후추는 한 손으로 피아를 가리키며 실성한 사람마냥 낄낄대며 웃었다.

애가 이제 정신줄을 놨구나. 피아는 앞치마를 내던졌다.

"살다 살다 너 같은 고집불통은 처음이야. 다들 오냐오냐하니까 네가 왕인 줄 알지? 내가 왜 그 기계를 청소했는데…"

후추가 미치 아저씨를 돕는 걸 보고 일부러 도움이 되고 싶어 가장 더러운 기계를 청소했다. 손에 물집도 잡혔고, 온몸이 다 아팠다.

"청소를 안 하면 안 했다고 뭐라 하고 청소하면 청소했다고 뭐라 하고. 진짜 너무해. 내가 여기 있고 싶어서 있는 줄 알아? 나도 어쩔 수 없었다고."

가슴속 깊은 곳에서부터 뜨거운 것이 올라왔다. 화가 나는데 눈물이 났다. 피아는 눈을 위로 치켜떴다. 후추 앞에서 울 순 없었다. 잘못하지도 않은 걸 잘못했다고 인정하게 되는 거니까. 그동안 나 약해 보일까 봐, 그러면 마을을 구할 수 없을까 봐 눈물을 참은 게 한두 번이 아니었다.

"이런, 큰일났네." "이제 어쩔거미." "나도 몰개-굴."

직원들이 웅성거렸다. 모두 후추를 보고 있었다.

후추는 자리에 멈춰 서 있었다. 벌겋게 달아오른 후추의 얼굴은 점점 어두워지더니 결국 후추가 입고 다니는 새까만 옷과 비슷해졌다.

"쟤 왜 저래?"

피아가 덜컥 겁이 나서 물었다. 놀라서 눈물이 쏙 들어갔다.

"말리지 않으면 블랙홀이 될 거예요. 난리 났네."

"블랙홀?"

"그냥 놔두면 후추님도 사라지고 안개 공장도 사라지고 결국 잊힌 것들의 동굴도 사라질지 몰라요."

안내자의 얼굴에 모래가 후두둑 떨어졌다.

"15년 전 어떤 산신령이 후추님이 가장 아끼던 장난감을 망가뜨렸을 때 딱 저랬었지? 이제야 우린 무로 돌아가겠군. 이 순간을 기다렸어."

갈색 르띠따가 팔짱을 꼈다.

"그럼 어떻게 해야 해? 지난번에는 어떻게 했는데?"

"후추님께서 안아주셨어요."

초록 르띠따가 말했다.

"엥? 후추가 후추를 안는다고?"

이건 또 무슨 전개야?

"그때는 지금의 후추님이 안개 공장의 **후추**님이 아니셨을 때죠. 그러니까 그땐 그냥 어린아이였는데 그 당시 후추님, 그러니까 지금 후추님의 어머니께서 후추님을 달래주셨죠."

"아, 그 후추."

피아는 후추가 공장의 '주인'이나 '사장' 같은 직함이라는 걸 다시 한 번 기억해냈다. 하여튼 공장은 좀 이상했다.

피아는 후추에게 다가갔다. 대체 저 기계가 뭐라고 청소 한번 했다고 모두를 위험에 빠뜨리다니. 어렸을 때도 지금이랑 똑같이 고집불통이었겠어.

가끔 약방에 막무가내인 손님들이 찾아오곤 했다. 낮게 해달라며 화를 내던 사람들도 있었고 다짜고짜 할머니의 약을 거부하거나 필요한 양 이상으로 약을 달라고 소리 지르던 사람들도 있었다. 나나 할머니는 그런 손님들에게는 사연이 있을 거라고 했다. 표현하는 데 서툴러서 속마음을 잘못 표현하는 거라고.

쉬이이익, 소리를 내며 후추가 한여름 땡볕 아래에 놓인 아이스크림처럼 녹아내리기 시작했다. 공장 직원들은 패닉 상태에 빠져 우왕좌왕했다. 시간이 별로 없었다. 나나 할머니는 어떻게 했더라? 피아는 기억을 더듬었다.

'아픈 아이 다루듯이 해야 해.'

할머니의 목소리가 귓가에 들리는 듯했다. 아픈 아이라…. 아이들은 고통을 느끼거나 의사가 전달되지 않으면 화를 내고 떼를 쓰며 울었다. 아이들은 '어디가 아프니 고쳐주세요' '지금 제 문제는 이러이러해요'라고 설명할 언어를 아직 배우지 못해 자신이 할 수 있는 방법으로 문제를 표현하는 것이었다.

피아는 심호흡하고 후추 앞으로 다가갔다.

"후추, 내 말 잘 들어. 너 사실 이렇게 화내는 데 다른 이유가 있는 거지? 저 기계가 너한테는 의미가 있는 거지? 내가 그것도 모르고 건드렸구나. 경솔했어. 사과할게. 이렇게 많은 사람이-"

아차, 사람은 나밖에 없지.

"아니, 많은 존재가 널 걱정하고 있어. 그만 돌아와줘. 제발."

피아는 윤곽이 거의 허물어진 후추를 향해 손을 뻗었다. 후추의 몸 중앙이라고 생각되는 곳에 뭔가 묵직한 게 잡혔다.

"후추! 내 말 들리지? 너 거기 있는 거 다 알아. 뭐 때문인지는 모르겠지만 내가 옆에서 네 이야기 들어줄게. 다 괜찮을 거야. 그러니까 제발 돌아와줘."

그 순간 강력한 힘이 후추로부터 퍼져 나왔다. 피아는 엉덩방아를 찧었다. 후추의 몸이 다시 고체 형태를 띠더니 색이 점점 옅어졌다. 얼굴이 제 색을 찾은 순간 후추는 힘을 이기지 못하고 앞으로 쓰러졌다. 안내자가 쏜살같이 달려와 후추를 받았다. 모든 게 순식간에 일어났다.

몽땅한 안내자가 후추를 지지하고 있는 모양새는 어딘가 우스꽝스러웠다. 간신히 땅에 넘어지지 않았지만 후추의 몸은 반으로 접혔고 머리칼은 땅바닥에 닿았다.

"다들 돌아가봐. 여긴 내가 마무리할게."

안내자의 말이 끝나기도 전에 르띠따들은 기다렸다는 듯 자리를 떴다. 그 뒤를 따라 도깨비들과 개구리, 거미가 자리를 떠났다.

"뭐야, 다들 이렇게 가버릴 수가 있어? 그렇게 후추를 따르면서…. 너무 의리 없는 거 아냐?"

"여기 있다고 해서 후추님을 돕는 게 아니잖아요. 각자의 일에 충실한 게 진짜 후추님을 위한 거죠."

안내자는 후추를 머리에 이었다.

각자의 책임에 집중하는 게 상대를 위하는 방법이라는 말은 일리 있었다. 그래도 맥없이 쓰러진 후추를 놓고 떠나는 건 피아의 방법이 아니었다. 피아는 바닥에 떨어진 망토를 들고 안내자를 따라갔다.

안내자는 후추를 옮긴다기보다는 질질 끌고 갔다. 후추의 배는 안내자의 머리 위에 얹힌 채, 다리는 바닥을 쓸고 지나갔다. 후추가 지나간 길에는 달팽이가 지나간 것처럼 점액이 남았다.

나라면 기절했다가도 아파서 깰 텐데. 저러다 도착하기도 전에 다리 부러지는 거 아냐? 괜스레 걱정됐다.

"안내자, 안 되겠어. 내가 옮길게. 대신 어디로 가야 하는지 안내해줘."

"네, 그럴게요!"

안내자는 다시 안내할 생각에 신났는지, 아니면 더는 후추를 이기지 않아도 된다는 생각에 후련했는지 후추를 거의 내팽개치듯이 내려놓았다.

피아는 바닥에 널브러질 뻔한 후추를 잡았다.

24
✿
후추의 방

후추의 방으로 향하는 길은 공장의 다른 영역과는 달랐다.

"얜 왜 이렇게 무거워."

피아는 심호흡하고 한 걸음 한 걸음 내디뎠다. 높아서 잘 보이지 않던 천장이 점점 낮아지고, 주변은 어두워지더니 결국 아무것도 보이지 않는 지경에 이르렀다. 피아는 귀를 쫑긋 세우고 안내자의 발소리를 따라갔다.

얼마나 걸었을까. 문 여는 소리가 나더니 강한 빛이 쏟아져 나왔다. 피아는 눈을 감았다. 안내자가 후추를 받아 옮겼다. 피아가 빛에 적응해 눈을 떴을 때 안내자는 이미 방의 맨 안쪽에 후추를 눕히고 있었다. 방은 대낮처럼 밝아 마치 햇살가득마을에 돌아온 것 같은 착각이 들었다.

벽을 따라 장식장이 빼곡하게 들어서 있었다. 잘 보이지도 않는

몽당연필에서부터 피아만 한 연필까지 온갖 연필이 길이순으로 정렬된 장식장이 있었고, 색색의 끈이 매우 가는 것부터 두께에 따라 매달려 있는 장식장이 있었다.

방에는 꿈을 담은 유리병이 많았다. 수집품 사이사이는 물론 방의 가장자리를 따라 유리병들이 놓여 있었다. 유리병 안에는 잊힌 꿈이 가득 차 환하게 빛났다. 그래서 방이 환한 거였다.

"아가는… 청소부님의 말씀이 맞아요. 어떤 안개 기계든 깨끗할수록 잘 작동하죠. 단지 그 기계는… 워낙에 후추님께서 아끼시는 기계라 아무도 못 만지게 하시거든요."

안내자는 평소와 달리 목소리를 낮게 깔았다.

"그 기계는 이전 후추님과 이전 후추님의 남편분, 쉽게 말씀드리면 지금 후추님 부모님의 마지막 선물이거든요…. 두 분은 후추님이 그 기계에서 연주하시는 걸 자주 구경하셨어요. 15년 전, 두 분이 떠나신 이후에 후추님은 웬만하면 그 기계를 건드리지 않아요. 청소도, 수리도 못 하게 하시고…. 그냥 알고 계셔야 할 것 같아서 말씀드려요."

바늘로 찔러도 피 한 방울 안 나올 것 같더니 이런 구석도 있네. 피아는 맥없이 누워 있는 후추를 내려다봤다. 후추의 얼굴에는 옅은 보랏빛이 남아 있어 평소보다 창백해 보였다. 마치 울다 잠든 어린아이를 보는 것 같았다.

"저는 공장으로 돌아갈 건데 같이 나가실래요?"

"후추를 이대로 두고 간다고?"

"할 일이 있으니까요. 야간 순찰도 돌아야 하고, 내일 오실 손님 목록이랑 배송 나갈 상품이 준비됐는지 확인해야 해요. 완성된 재료 주머니도 지정된 안개 기계에 갖다놔야 하고요."

발을 까딱거리는 게 안내자는 금방이라도 안개 공장으로 튀어나갈 것 같았다.

"그럼 후추 깰 때까지 내가 여기 있어도 될까? 누구라도 곁에 있어줘야 할 것 같은데….

"네, 그러세요. 전 그럼 가볼게요."

안내자는 들어왔던 문을 밀고 나갔다.

후추는 이끼가 낀 커다란 돌 위에 누워 있었다. 천장에서 내려온 빛이 후추를 은은하게 비췄다. 기다란 눈썹, 오똑한 코, 붉은 입술. 후추의 새하얀 얼굴을 바라보고 있자니 그 너머에서 뭔가 아름다운 것들이 자신을 기다리고 있을 것 같았다. 차가운 눈을 비집고 나올 새싹과 꽃처럼. 배 속이 간질거렸다. 불현듯 후추의 얼굴을 만져보고 싶었다. 그러다 그 생각에 놀라 피아는 황급히 고개를 돌렸다. 얼굴이 화끈거리고 심장이 빠르게 뛰었다.

고개를 돌린 곳에는 악기 진열대가 있었다. 피리, 단소 같은 작은 악기에서부터 가야금, 하프, 더블베이스에 이르는 큰 악기까지 다양한 악기가 있었다. 후추는 수집광인 것 같았다.

악기 진열대 옆으로는 작은 문이 나 있었다. 아무것도 만지지 않았는데 문이 스르륵 열렸다. 피아는 후추를 힐끗 돌아봤다. 후추는 미동도 없었다. 피아는 열린 문 안으로 들어갔다.

안은 어두웠다. 후추의 방처럼 잊힌 꿈으로 가득 찬 유리병들이 많았는데, 하나같이 희미하고 가냘픈 빛을 내고 있었다.

벽에는 그림이 빽빽하게 걸려 있었다. 갓난아기에서부터 두 발로 걷는 아이, 그것보다는 좀 더 큰 아이까지, 모두 한 아이를 그린 그림이었다. 까만 옷에 까만 망토. 후추였다.

구석진 곳에 있는 나무로 만들어진 악기가 피아의 시선을 끌었다. 피아의 가슴까지 오는 높이에 피아의 양팔 너비보다 살짝 작다. 건반이 두 층에 나뉜 피아노 같았다. 후추가 연주하던 게 떠올라, 피아는 건반 위에 손을 올렸다. 오랫동안 사용하지 않았는지 탁한 소리가 났다.

악기 아래쪽에는 작은 액자가 있었다. 액자에는 가족인 듯한 세 사람을 그린 초상화가 끼워져 있었다. 그림 속 아기는 뭐가 불만인지 울고 있었고 남자와 여자는 마치 세상에서 제일 아름다운 광경을 보듯 아기를 바라보고 있었다.

벽에도 몇 개의 액자가 걸려 있었다.

첫 번째 액자에는 어린 후추가 커다란 리본이 달린 안개 기계에 앉아 있었다. 왠지 낯익은 기계였다. 설마 이게 아까 그 기계인가? 후추의 양옆에는 아까 본 젊은 커플이 서 있었다. 여자는 손뼉을 치고 있었고 남자는 머리를 뒤로 젖히고 크게 웃고 있었다.

두 번째 액자에는 여자만 있었다. 여자는 머리부터 발끝까지 흰 옷을 입고 있었는데, 심지어 머리도 새하얬다. 여자의 온화한 미소를 보고 있자니 봄의 신이 떠올랐다. 신들은 다 비슷하게 생긴 건가?

세 번째 액자에는 젊은 남자가 피아 앞에 있는 이름 모를 악기를 연주하는 그림이 있었다. 여러 층으로 된 커다란 공연장에 사람들이 꽉 차 있었다. 눈을 감고 연주에 심취한 표정을 보니 후추가 봄의 신과 직원들 앞에서 연주하던 날이 떠올랐다. 후추의 연주를 듣겠다고 전날부터 자리를 잡고 난리 피우던 도깨비들과 얼어붙어 있던 르띠따들이 떠올라 피아는 피식 웃었다.

마지막 액자는 여자와 남자의 초상화였다. 두 사람은 손을 맞잡고 있었는데 그들의 손은 후추처럼 가늘고 길었다. 남자의 가슴팍에 걸려 있는 목걸이에 피아의 시선이 머물렀다. 두 개의 원이 이어진 모양의 목걸이.

피아는 가슴에 손을 올렸다. 젊은 남자의 목에 걸린 목걸이는 분명 피아의 목걸이와 똑같이 생겼다. 길이도 그렇고 두 원이 연결된 부분이 살짝 반짝이는 것도 그랬다. 그러고 보니 모든 그림에서 남자는 같은 목걸이를 하고 있었다.

"왜 여기 있는 거야?"

피아가 화들짝 놀라 뒤를 돌아보자, 후추가 차가운 눈으로 피아를 노려보고 있었다.

"나가."

피아는 도망치듯 후추의 방에서 나왔다.

한참을 달리고서야 피아는 후추에게 했어야 할 말이 떠올랐다. '미안해'라는 말을. 하지만 이미 기회는 지나갔다.

25
❊
후추의 부재

후추는 한동안 보이지 않았다. 어디서 뭘 하는지 코빼기도 보이지 않았다. 설마 아직 아픈 걸까? 있을 땐 몰랐는데 막상 눈에 보이지 않으니 신경 쓰였다.

후추가 없는 동안 안내자는 벌 받는 사람처럼 공장 입구에 서서 고객들을 향해 짤막한 손을 내저으며 같은 말을 반복했다.

"후추님이 자리를 비우셔서 당분간 주문 제작이 어렵습니다."

그러면 멀리서 왔다며 실망하고 돌아가는 손님도 있었고, 버럭 화를 내는 손님도, 막무가내인 손님도 몇 있었다. 예를 들면 덩치 큰 사내는 "만들어줄 때까지 한 발자국도 움직이지 않을 거예요!"라더니 그 자리에 앉아버렸고, 깡마른 여자는 눈물을 글썽이며 "저 당장 필요한데 그냥 만들어주시면 안 돼요?"라며 떼를 썼고, 노부인은 "얼마나 걸려도 좋으니 공장 안에서 기다릴게요"라고 말하더니 기다렸다는 듯이 가방에서 실을 꺼내 뜨개질을 시작했다.

그런 고객을 마주할 때마다 안내자는 평소처럼 낭랑한 목소리로 "평생을 기다릴지도 몰라요"라고 겁을 주거나 "이미 제작되어 있는 안개도 많으니 카탈로그에서 한번 찾아보세요"라며 설득했다. 피아는 새삼 안내자가 존경스러웠다.

며칠이 지나자 피아는 고객들과 안내자 사이에서 벌어지는 실랑이를 보는 것이 지겨워졌다. 후추가 일부러 자신과 공장 직원들을 괴롭히려고 사라진 게 아닌지 의심스러울 정도였다.

후추가 없을 때 검객도 찾아왔다. 검객은 공장이 가장 조용할 때 나타나서 자신이 주문한 안개를 찾았다. 검객이 나타나자마자 피아는 기계 사이로 몸을 숨겼다.

"물건은 준비됐나?"

검객의 목소리는 전보다도 더 날카로워진 것 같았다. 목소리를 듣는 것만으로도 긴장됐다.

"'겁에 질리는 안개' 말씀이신가요?"

피아는 귀를 쫑긋 세웠다. 이제 안내자가 후추의 부재에 대해 말하고 검객을 돌려보내리라. 피아는 검객이 실망하고 돌아갈 생각에 통쾌했다. 한 남자의 욕심 때문에 사람들이 고통받는 게 말이 안 됐다. 하지만 피아는 안내자의 다음 말에 "안 돼!"라고 외칠 수

밖에 없었다. 다행히 목소리가 나오기 전에 입을 틀어막았지만.

"네, 이미 준비됐습니다. 여기요."

"이게 지난번 사용한 안개보다 사람들의 마음을 조종하기 쉽다고?"

"네, '겁에 질리는 안개'의 영향을 받은 이들은 직접 두려운 장소를 만들고 그곳에 자신들을 가둘 겁니다. 이제 그들의 마음을 쉽게 지배할 수 있을 겁니다. 그런데 이번 안개는 한번 사용하면 되돌리기 어렵습니다. 그래도 괜찮겠습니까?"

"그게 바로 내가 원하는 거야."

검객이 웃었다. 소름 끼치게 불쾌한 웃음소리였다. 피아는 당장 뛰쳐나가 검객을 막아서고 싶었다. 무슨 이유로 무시무시한 안개를 주문하는 건지 몰라도 죄 없는 사람들이 고통받을 거라는 사실이 더없이 속상하고 안타까웠다.

"해독제는 어디 있지?"

"해독제는 주문하지 않으셨는데요, 고객님."

"내가 괜찮아야 하잖아!"

"이번 안개에 대한 해독제는 주문하지 않으셨습니다. 여기 보세요."

안내자는 검객에게 계약서를 보여주는 듯했다.

"멍청한 돌대가리! 해독제가 없으면 안개를 사용할 수 없잖아!"

검객의 고함이 공장에 울려 퍼졌다. 피아는 적어도 후추가 돌아

와 해독제를 만들 때까지는 검객이 안개를 사용할 수 없다는 사실
에 안도했다.

26
*
물소리

피아는 죽기 살기로 달렸다. 빠르게 달리고 있다고 생각했는데 뒤를 돌아보니 검객이 피아 뒤에 바짝 붙어 있었다. 눈에는 살기가 넘쳤다. 검객의 얼굴에 난 상처는 피아가 기억하던 것보다 더 날카롭고 깊게 패어 있었다.

검객의 손끝이 피아의 어깨를 스치고 지나쳤다. 피아는 발을 더 세게 굴렀다. 몸이 꼭 제자리에 멈춰 서 있는 것 같았다. 크고 묵직한 손이 피아의 어깨를 움켜쥐었다. 뿌리치려고 힘을 줄수록 움직이기 어려웠다.

그런데 검객의 얼굴이 있어야 할 자리에 아무것도 없었다. 검은 옷과 한쪽 눈을 가린 머리카락은 그대로 있었지만, 얼굴이 형체도 없이 텅 비어 있었다. 자세히 보니 피아를 잡은 건 후추였다. 후추는 특유의 무표정한 얼굴로 피아를 쳐다봤다. 두 눈은 화난 것 같기도, 원망하는 것 같기도, 슬픈 것 같기도 했다.

"인간들은 보이는 것만 생각하지. 어리석은 존재들. 사악하고, 자기들만 생각하고, 미련하기까지 해. 왜 그렇게 나약해서…."

"후추, 그게 무슨 말이야?"

피아의 말이 끝나기가 무섭게 후추의 눈매가 날카롭게 변했다. 점점 살기가 어리더니 검객의 눈이 됐다. 검객과 후추가 겹쳐 보였다. 오싹했다. 피아는 자기 앞에 보이는 존재가 후추인지 검객인지 알 수 없었다.

"인간으로 태어나서 왜 인간 때문에 날 버린 거지? 인간인 주제에, 나약한 인간인 주제에!"

후추는 피아를 잡고 흔들었고 후추의 손은 점점 커져 피아의 몸 전체를 옥죄었다.

"후추…."

피아는 숨을 쉬기가 어려웠다.

"악!"

비명을 지르며 피아는 벌떡 일어났다.

악몽이었다. 피아는 오랫동안 숨을 참고 있던 사람처럼 거친 숨을 여러 번 내쉬었다. 옷이 땀으로 흥건하게 젖어 있었다. 목걸이가 뜨거웠다. 후추의 눈도, 검객의 얼굴에 나 있던 상처도 너무 생생했다. 정말 꿈이었을까? 게다가 검객의 얼굴에 난 상처는 본 것처럼 익숙했다. 그건 유한 오빠의 흉터와 비슷했다. 왜 이제까지 떠올리지 못했을까 의아할 정도였다. 비슷한 모양인데도 검객의 흉터는 위협적으로 보였다. 반면에 유한 오빠의 흉터는 오빠의 동글동글한 성격 때문인지 아니면 늘 웃는 얼굴 때문인지 그냥 문양 같았다.

어릴 적 피아가 상처에 대해 물었을 때, 오빠는 아무 말 없이 손만 만지작거렸다. 오빤 어딨을까? 마을을 구할 방법을 찾았을까?

땀이 마르면서 체온이 떨어졌는지 입술이 부르르 떨렸다. 피아는 자리에서 일어나 옷을 갈아입었다. 그리고 침대에 앉아 뭘 해야 할지 생각했다. 악몽을 꾸고 나니 다시 잠들기 힘들 것 같았다.

문득 마을의 안개에 관해 물을 때마다 안내자가 서류철을 움켜쥐거나 뒤로 숨기던 게 떠올랐다. 안내자는 항상 서류철을 들고 다니면서 메모를 했다. 그걸 보면 누가 마을의 안개를 주문하는지, 어떤 안개를 주문하는지 알 수 있을 것이다. 어딘가에 서류철을 보관하는 창고가 있지 않을까? 일단 갈림길로 가봐야겠다.

피아는 발치에 있던 유리병을 들어 올렸다. 제일 밝은 꿈이라며 미치 아저씨가 손수 골라준 꿈은 처음에는 너무 환해서 잘 때마다 애를 먹었는데 이젠 앞치마로 가리지 않아도 쉽게 잘 수 있을 만큼 빛이 약해져 있었다. 누군가 한때는 소중했던 꿈을 잊고 있다고 생각하니 마음이 편치 않았다.

막상 갈림길에 도착하니 어느 쪽으로 가야 할지 고민됐다. 공장 안쪽으로 깊숙이 들어가면 도깨비들의 작업실이나 르띠따들의 동굴이 나올 것이다. 도깨비들의 작업실에는 청소 도구를 가지러 자주 가서 새로울 게 없다는 걸 알고 있었다. 소음에 민감한 르띠따들을 방해하고 싶지도 않았다. 반대쪽으로 가면 후추의 방으로 향하는 길이 나올 텐데 악몽을 꾼 지금은, 특히 아무도 없는 어둠 속에서는 후추를 마주치고 싶지 않았다. 중간이 필요했다. 중간.

한참을 고민하다 보니 서류를 한 움큼 든 안내자가 한 동굴에서 나오던 모습이 떠올랐다. 검객을 피해 들어갔던 메아리 방 근처였다. 그 방이라면 르띠따들로부터도, 후추로부터도 충분히 멀었다. 좋은 선택지 같았다. 피아는 메아리 방 쪽으로 발걸음을 옮겼다.

주변은 점점 어두워졌다. 피아는 한 손으로 벽을 짚고 다른 한 손으로는 꺼져가는 꿈 하나로 땅을 밝히며 조심스럽게 움직였다. 얼마나 왔는지 가늠할 수 없었다. 동굴을 지나쳤을지도 모른다는 생각에 잠시 걸음을 멈추려는 순간, 갑자기 벽이 사라지면서 피아는 균형을 잃었다. 다행히 넘어지지는 않았다. 유리병을 높이 들자 작은 공간이 눈에 들어왔다. 아무것도 없었다. 안개 공장 주변에는 크고 작은 동굴이 많았는데, 그중 하나로 들어온 것 같았다.

피아가 돌아 나가려는 순간 '똑' 하고 물방울 떨어지는 소리가 났다. 동굴 안쪽을 향해 유리병을 들었다. 아무것도 보이지 않았다. 천장에 물이 고인 흔적도 없었다. 잘못 들은 걸까? 피아는 숨죽였다.

'똑'

멀지 않은 곳에서 물소리가 났다. 피아는 손으로 벽을 더듬었다. 이쯤에서 들렸던 것 같았는데. 잘못 들었나?

'똑'

다시 한 번 물소리가 넓게 퍼졌다. 그 순간 손끝에 닿은 벽이 갑자기 사라지면서 피아의 무게중심이 앞쪽으로 쏠렸다. 막다른 벽이라 생각했던 것은 사실 두 벽을 앞뒤로 놓여 만들어진 눈속임이었다. 두 벽 사이로 난 작은 공간이 통로처럼 길게 이어져 있었다.

설마 메아리 방으로 이어지는 통로는 아니겠지? 사람들이 하지 못하고 마음속에 묻어둔 말로 가득했던 메아리 방은 어딘가 슬프고 오싹했다.

'똑'

하지만 메아리 방에서는 물소리가 들리지 않았다. 피아는 유리병을 앞으로 든 채 발을 내디뎠다.

메아리 방과 비슷하게 안으로 들어갈수록 점점 서늘해졌다. 다른 점이 있다면 작은 빛이 하나둘 보이더니 통로를 따라갈수록 반짝이는 것이 많아졌다. 피아는 발걸음을 재촉했고 급기야는 뛰기 시작했다.

27

❀

우주의 공간

좁고 깜깜했던 복도가 끝이 나는 순간 피아는 걸음을 멈췄다.

마치 별이 흩뿌려져 있는 듯 동굴 전체가 반짝반짝 빛났다. 피아는 한쪽 다리를 길게 뻗어 바닥을 디뎠다. 딱딱한 것이 발에 닿았다. 아직 동굴 안인 듯 싶었다. 피아는 계속 멈춰 서서 발밑을 확인했다. 두 다리가 단단한 땅을 딛고 서 있어도 우주 한가운데에 둥둥 떠 있는 것 같은 느낌을 지울 수 없었다.

약초를 캐러 새벽 산에 오를 때 나나 할머니는 별자리에 얽힌 이야기를 들려주곤 했다. 황소처럼 생긴 별자리에는 신들의 사랑과 질투가 담겨 있었고 전갈 모양의 별자리에는 자만한 영웅을 벌주려는 신의 소망이 담겨 있었다. 이야기 속에 나오는 신들은 인간과 별반 다르지 않았다. 신들도 질투하고 외로웠으며 실수를 했다.

봄의 신과 후추. 피아가 만난 신들은 상상하지도 못했던 일을 하면서도 피아가 아는 사람들과 크게 다를 바 없었다.

'똑'

물 떨어지는 소리를 따라가니 거대한 호수가 보였다. 수면에 무수히 많은 별이 비쳐 밝게 빛나는 호수 한쪽이 유독 어두웠다.

후추다!

동굴과 호수의 경계에 후추가 서 있었다. 멀리 떨어져 있어도 후추라는 걸 단번에 알 수 있었다. 설명하긴 어려웠지만 그냥 알았다. 되돌아갈까? 아니다. 이왕 마주친 거 피하지 말자. 피아는 크게 숨을 들이쉬고 후추를 향해 걸어갔다. 피아가 한 발 한 발 내딛을 때마다 발소리가 동굴에 울려 퍼졌다.

호수를 응시하고 있는 후추는 미동조차 하지 않았다. 호수에 커다란 보름달이 떠 있었다.

"와아!"

피아가 작은 탄성을 내자 그제야 후추가 피아를 돌아봤다. 후추의 두 눈은 금방이라도 울 것처럼 눈물이 고여 있었고, 얼굴은 평소보다 더 창백해서 금방이라도 쓰러질 것 같았다. 지금까지 봐왔던 것과는 전혀 다른 모습이었다. 아직도 아픈 걸까?

후추는 다시 호수로 고개를 돌렸다. 하염없이 호수를 바라보는 후추의 표정이 어딘가 쓸쓸하고 외로워 보였다. 피아는 무슨 말을 할까 하다가 그냥 말없이 후추 옆에 섰다. 동굴을 둘러봐도 호수에 비친 달이 어디 있는지 알 수 없었다.

"저게 달이야."

후추가 호수 속 달을 가리켰다.

"달? 진짜 달은 하늘에 뜨잖아."

후추가 피아를 쳐다봤다.

"정확히 말하면 달의 영혼이야."

"달의 영혼? 그럼 반짝이는 저건 별들의 영혼?"

"응용은 할 수 있구나. 그런데 틀렸어. 저건 별 그 자체야."

"엥?"

피아는 주위를 살폈다. 은하수를 이루는 별보다도 훨씬 많은 별들이 손 닿을 거리에 있었다.

"별의 영혼이 아니라 별 그 자체라고. 별은 신의 영혼이니까. 영혼의 영혼은 뭔가 이상하잖아."

"별이 신의 영혼이라고?"

"인간은 죽으면 몸은 반납하고 영혼만 남아. 새로운 몸이 태어날 때까지 영혼으로 떠돌게 되고."

나나 할머니가 자주 영혼에 관해 말해서 생소한 이야기는 아니었다. 피아는 듣고 있다는 표시로 고개를 끄덕였다.

"그에 반해 신은, 원래 부여받은 임기를 마치거나 더 이상 임무 수행을 못 하게 되면 모든 지위를 반납하고 별이 돼. 새로운 직책을 갖기 전까지 신은 별이 되어 우주를 떠돌지."

"신들의 영혼이 여기서 뭘 하는데?"

"뭘 해야만 해?"

"아니, 그건 아닌데…. 그냥 궁금해서."

"하. 좋은 질문이네. 신들은 여기서 뭘 할까? 여긴 **우주의 공간**이야. 별들이 잠시 들렀다 가는 곳. 여기가 동굴에서 유일하게 별을 만날 수 있는 곳이지."

짧은 한숨을 내뱉는 후추의 입꼬리가 살짝 올라갔다. 피아에게 늘상 보여주는 비아냥 섞인 웃음도 아니었고 봄의 신을 만났을 때 지었던 행복한 미소도 아니었다. 어딘가 쓸쓸해 보이는 웃음이었다.

"그날은 내 멋대로 네 공간에 들어가서 미안해."

피아는 한참 지난 사과를 했다.

후추는 대답하지 않았다. 한동안 아무 말도 오가지 않았다.

후추의 말에 따르면 별은 신의 영혼이었다. 그럼 모든 신은 언젠가 반짝이는 별이 되는 걸까?

"너도 신…이라며. 너도 우주를 떠돌았어?"

피아가 정적을 깼다.

"그럴 수도 있고 아닐 수도 있고…. 난 기억이 없어. 원래 우주를 떠돌면 기억을 잃는 건지, 내가 새로 탄생한 신이라 그런 건지, 아니면 완전한 신이 아니어서 특별 대접을 받는 건지…. 속 시원하게 설명해줄 신도 없고 모르겠네. 잊힌 것들의 동굴에 있다는 게 무슨 뜻인 줄 알아?"

"설마 신들로부터 잊혀서 여기 온 거야?"

"결국 여긴 잊힌 동굴이니까. 버려지고 잊히고 쓸모가 없어진 것들이 모이는 곳이니까. 여기 있는 모두가 그렇지. 이 영혼들도, 동굴도, 나도."

"그게 무슨 말이야. 넌 이 안개 공장의 후추잖아."

"그럼 뭐 해. 나는 그냥 잊힌 것들의 동굴에서 잊힌 연주를 하는 잊힌 존재인걸."

"후추, 봄의 신도 그렇고 여기저기서 너를 만나러 오는데 잊힌 존재라니."

피아는 후추의 기분을 풀어주고 싶었다. 진심이기도 했다.

"태어날 때부터 잊힌 존재였는걸. 이젠 누군가에게 잊힐 수도 없는, 그냥 존재하지 않는 존재인걸."

후추가 피아의 눈을 응시했다.

태어날 때부터 잊힌 존재? 그건 무슨 뜻이지?

'그건 말 그대로 태어날 때부터 버림받은 존재라는 거지.'

후추의 생각이 피아의 머릿속에 불쑥 들어왔다.

피아는 뒷걸음쳤다. 후추도 생각을 읽을 수 있는 건가? 그럼 지금까지 내 생각을 읽은 건가? 도대체 어디까지 읽은 거야? 그동안의 생각을 들켰다고 생각하니 어딘가에 숨고 싶었다. 도망갈 곳이 없었지만.

'태어날 때부터 버림받다니? 부모님도 계시고 안개 공장 식구들

도 있는데?'

후추의 말을 곱씹으며 생각했을 뿐인데, 생각이 말처럼 후추에게로 가닿는 것이 느껴졌다.

'부모는 날 버렸어.'

"뭐?"

피아의 목소리가 동굴 안을 울렸다.

안내자가 후추의 부모님에 관해 이야기했던 게 떠올랐다. 도대체 무슨 일이 있었던 걸까? 후추가 자신의 생각을 들을 수 있다는 걸 알면서도 생각을 멈출 수 없었다. 매번 당당하고 확신에 차 있던 후추가 오늘따라 작고 연약해 보였다. 자신에 관한 얘기를 잘 하지 않는 후추가 처음으로 속내를 터놓았다. 문득 미치 아저씨가 떠나던 날 눈언저리가 붉던 후추가 생각났다. 그때 후추는 왜 울었을까?

피아는 목걸이를 만지작거렸다. 부모가 피아에게 남겼다는 유일한 물건.

"난 부모님에 관한 기억이 없어. 두 분 다 내가 어렸을 때 돌아가셨대. 날 혼자 남겨두고 떠났으니 어찌 보면 나도 버려지고 잊힌 존재라고 할 수 있겠지. 그렇지만 난 혼자라고 생각하지 않아. 날 낳아준 부모님은 없어도 나나 할머니가 있는걸. 날 걱정해주는 사람들도 있고. 그 사람들이 다 내 가족이야. 어떤 사연인지는 몰라도 난 네가 잊힌 존재라는 건 동의 못 해. 안내자도 그렇고 도깨비,

르띠따, 개구리, 거미처럼 바로 옆에서 너를 따르고 아끼는 존재가 얼마나 많은데…. 잊힌 것들의 동굴에 있다고 다 잊힌 게 아니야."

후추에게 위로나 충고를 건네려고 했던 게 아니었다. 그냥 저절로 말이 나왔다.

"봄의 안개를 연주하는 걸 보면서 안개 공장을 다시 봤어. 네가 나쁜 안개를 만드는 줄 알았거든. 네 연주 정말 대단하더라. 왜 그렇게 다들 네 연주를 듣고 싶어하는지 이해했어."

'좋아하는 곳으로 데려다주는 안개라니. 따뜻한 마음이 없다면 할 수 없는 연주던걸.'

피아는 후추가 들을 거란 걸 알기에 마음속으로 생각했다.

"어떤 연주를 하고 나면 슬픔과 불안이 내 안에 가득 찰 때가 있어. 특히나 아름답고 행복한 안개같이 나한테 어울리지 않는 안개를 만들고 나면…. 그럼 그것들을 씻어내려고 이 호수로 와. 잊힌 영혼들의 처지가 나랑 비슷해서 위로를 구하러 오기도 하고."

말을 마친 후추가 호수 속으로 첨벙 빠졌다.

28
❋
범인

"어잉! 무기력 안개 재료도 준비됐으니까 가져강."

피아가 청소 도구를 가지러 도깨비들의 작업장에 갔을 때였다. 도깨비 하나가 작업장에 들어온 안내자를 향해 소리쳤다.

'무기력 안개'라니. 마을을 위험에 빠뜨린 사람이 온다는 뜻일까? 마침내 주문자를 알아내 설득할 기회였다. 피아의 심장이 쿵쾅거렸다.

"휴, 딱 맞춰 준비됐네. 내일 고객님께서 찾으러 온다고 했으니까 바로 후추님께 갖다 드려야겠어."

안내자는 검은 주머니를 들고 서둘러 작업장을 나갔다.

후추가 돌아온다는 걸 알았는지 다음 날 공장에는 손님이 많이 찾아왔다. 피아는 안개 기계에 숨어 안내자를 주시했다. 밀려드는 손님을 상대하랴, 준비된 안개 재료를 기계에 갖다 놓으랴, 바삐 뛰어다니는 안내자를 쫓아다니는 건 쉬운 일이 아니었다. 손님이 찾아올 때마다 피아는 귀를 쫑긋 세우고 어떤 안개를 찾으러 왔는지 엿들었다. 도대체 누가 햇살가득마을을 위험에 빠뜨렸는지 짐작조차 할 수 없었다. 마을에 원한을 가질 만한 사람이 있는 것도 아니었다. 마을을 생각하다 보니 나나 할머니의 텅 빈 눈동자가 눈앞에 아른거렸다.

"해독제는 준비됐나?"

피아의 머리칼이 쭈뼛 섰다.

검객이었다. 검객의 몸은 전보다 더 커진 것 같았다. 몸집만 보면 근육질 도깨비라고 착각했을 것이다. 피부도 창백해 보일 정도로 하얗게 변해 있었다. 옆에 찬 긴 검과 날 선 목소리가 아니었다면 알아보지 못했을 것이다.

"네, 준비됐습니다."

안내자가 경쾌한 목소리로 대답했다.

검객은 피아를 보지 못한 건지 아니면 일부러 그런 건지 안개 기계 모퉁이에 서 있던 피아의 어깨를 치고 지나갔다. 쨍그랑 소리가 나면서 무언가 발치에 떨어졌다. 작은 손거울이었다. 피아가 주워 들려는데, 검객이 거울을 낚아채더니 피아를 노려보았다.

"전 그냥 주워주려고… 어?"

손거울 뒷면에는 이글거리는 태양이 새겨져 있었다. 햇살가득

마을을 상징하는 문양이었다. 마을의 상징이 그려진 물건을 들고 다니는 건 촌장 아저씨밖에 없었다.

그동안의 일들이 주마등처럼 지나갔다. 검객이 더 무서운 효과를 가진 안개를 가져오라고 안내자를 향해 윽박질렀던 날. 사람들의 마음을 조종한다고 기뻐하던 검객.

아무리 기억을 더듬어봐도 마을에서 마주친 적이 없는 사람이었다. 이 사람은 누구길래 이런 무서운 일을 벌이는 거지? 도대체 무슨 이유로?

검객은 안내자가 건넨 해독제를 한 손에 들고 입구를 향해 걸어갔다. 피아는 달려가 검객의 앞을 막고 두 팔을 벌려 섰다.

"제발 그만하세요. 이 안개를 사용하지 말아주세요. 다른 어떤 안개도 주문하지 말아주세요. 당신 때문에 햇살가득마을 사람들이 고통스러워하고 있어요."

검객은 피아를 위아래로 훑었다.

"이따위 서비스로 뭘 하려고. 후추에게 직원 관리 똑바로 하라고 전해라."

"안 돼요. 도대체 누군데 이런 무서운 짓을 벌이는 거예요? 마을 사람들을 그냥 놔두세요."

검객이 피아를 밀쳤다.

피아는 검객의 팔에 필사적으로 매달렸다. 검객의 손에 들려 있던 해독제가 바닥으로 떨어졌다. 피아가 해독제를 향해 손을 뻗는데, 차가운 것이 피아의 목에 닿았다. 목이 따끔거렸다. 검객은 금방이라도 피아의 목을 벨 것처럼 피아를 노려봤다. 해독제가 반대편으로 굴러갔다.

그때 멀리서 익숙한 구두 소리가 들렸다. 후추였다. 바닥을 구르던 해독제는 후추의 발치에 멈췄다. 피아는 안도의 한숨을 내쉬었다.

"후추, 우리 마을과 할머니를 곤경에 빠뜨린 게 이 사람이래. 이 자가 안개를 사용하게 해선 안 돼. 도와줘."

검객이 피아의 머리채를 잡았다.

"악!"

후추는 바닥에 떨어진 해독제를 천천히 주워 들더니 피아를 응시했다. 무슨 말을 꺼내려는 걸까? 또다시 생각을 읽으려는 걸까? 피아는 속으로 도와달라고 애원했다. 후추는 검객 쪽으로 시선을 돌렸다.

"고객님, 죄송합니다. 제가 직원 교육을 제대로 못 했습니다. 다음에는 이런 일 없게 시정하겠습니다."

후추는 해독제를 검객에게 건넸다.

피아는 움직일 수도, 소리를 지를 수도 없었다. 처음 안개 공장에 와서 안내자와 실랑이를 벌였던 그날처럼 피아의 몸은 말을 듣지 않았다. 후추가 다시 마법을 사용했다.

"이런 일이 또 생기면 그땐 정말 가만 안 둬."

"네, 조심하겠습니다."

검객은 검을 검집에 넣더니 그 길로 안개 공장을 빠져나갔다.

검객이 떠나자 몸이 다시 가벼워지더니 피아는 그대로 바닥에 철퍼덕 엎어졌다.

이렇게 허무하게, 그것도 바로 눈앞에서 마을을 위험에 빠뜨릴 장본인을 놓치다니. 햇살가득마을을 지키지 못했어! 피아의 머릿속에 안내자와 검객이 주고받던 말이 스쳐 지나갔다.

"…겁에 질리는 안개의 영향을 받은 이들은 직접 두려운 장소를 만들고 그곳에 자신들을 가둘 겁니다. 이제 그들의 마음을 쉽게 지배할 수 있을 겁니다. 그런데 이번 안개는 한번 사용하면 되돌리기 어렵습니다. 그래도 괜찮겠습니까?"

"그게 바로 내가 원하는 거야."

피아는 벌떡 일어나 후추를 찾았다. 후추는 이미 안개 기계 사이로 빠져나가고 있었다. 피아는 후추를 향해 전속력으로 달려갔다. 울지 않으려고 해도 눈물이 계속 앞을 가렸다.

"내가 그렇게 부탁했는데! 내가 지금까지 마을을 구할 단서를 찾으려고 얼마나 노력했는데. 어떻게 한 마을을 해치려는 사람을 도와줄 수 있지? 넌 정말 악한 자들 편인 거야? 네가 그러고도 신이야?"

"다시 한 번 말하지만, 이건 우리가 관여할 일이 아니야."

"또 그 소리."

피아는 고개를 푹 떨궜다.

"이제 끝이잖아. 나 다 들었어. '겁에 질리는 안개'라며. 마음을 지배해서 사람들을 두려움 속에 가둔다고 했어. 이젠 내가 할 수 있는 게 없어. 그러니까 네가 도와줘."

피아는 후추의 바짓가랑이를 잡았다.

"아직 끝나지 않았어. 그러니까 가서 네 할 일을 해."

후추는 피아의 손을 떼어내고 바지를 탁탁 털었다.

"뭐? 일을 하라고? 마을이 끝장났는데 내 할 일을 하라고?"

후추는 피아를 한번 돌아보더니, 제 일이 아니라는 듯 무심한 걸음걸이로 공장을 빠져나갔다. 피아는 씩씩대며 방으로 향했다.

"어차피 마을도 구하지 못하는 거 내가 여기 있으면 뭐 해?"

피아는 이불, 가방, 뭐든 손에 잡히는 대로 마구 던졌다.

"다 필요 없어!"

안내자가 밤마다 놓고 가는 물컵이 산산조각 났다. 미치 아저씨가 주고 갔던 앞치마도 집어던졌다. 이어 손에 잡힌 유리병을 던지려는데, 유리병 안에 담긴 꿈이 보였다.

이걸 던지면 유리병도, 꿈도, 물컵처럼 산산조각 날 테다. 화가 나긴 했어도 그렇다고 다른 누군가의 꿈을 깨뜨릴 수는 없었다. 피아는 유리병을 바닥에 내려놓았다.

"특별한 목걸이를 가지고 있군."

그때, 바로 뒤에서 낮고 비열한 목소리가 들렸다. 머리카락이 쭈뼛 섰다. 목걸이? 목걸이가 없었다. 흉측한 존재가 한 손에 피아의 목걸이를 쥔 채 흔들고 있었다. 새하얀 몸에 새빨간 눈, 피아보다 살짝 큰 키, 거칠고 두꺼운 털에 덮인 몸집은 덩치 좋은 도깨비 둘을 붙여놓은 것 같았다.

"돌려줘!"

피아는 괴물에게 달려들었다. 괴물은 피아를 보고 어금니가 드러나게 웃었다. 죽은 지 오래된 짐승에게서나 맡을 수 있는 고약한 악취가 났다. 힘이 어찌나 센지 괴물이 팔을 흔들기만 했는데도 피아는 튕겨져 나가 동굴 벽에 부딪혔다.

"하, 한주먹감도 안 되는데 봐줬다. 어차피 곧 사라질 텐데 고통 없이 마지막을 맞는 걸 고맙게 생각해. 귀중한 물건 값이라고 하지. 이젠 내가 잊힌 것들의 동굴을 접수할 수 있겠어. 우주 최고의 부자가 되겠군."

끔찍하게 생긴 존재는 비열한 웃음소리와 함께 동굴 밖으로 사라졌다.

안 되는데, 저 목걸이…. 엄마 아빠가 남긴 유일한 물건인데…. 그런데 내가 사라진다고? 왜? 벽에 부딪힌 탓인지 눈앞이 자꾸 흐려졌다. 결국 피아는 정신을 잃었다.

29

*

목걸이

"정신이 드세요?"

눈을 뜨니 안내자가 보였다. 주변에 익숙한 유리병들이 보였다.

'안내자, 여긴 어디야?'

안내자는 대답 없이 분주하게 주변을 움직였다. 목소리가 작았나?

'안내자?'

좀 더 크게 불러봤지만 안내자는 이번에도 대답하지 않았다. 투명 인간 취급하는 것도 아니고 뭐야.

"일단 나가봐. 밖으로 나가는 모든 문을 봉쇄했으니 멀리 가진 못했을 거야. 이따 그 고객이 돌아오면 알려주고."

익숙한 목소리가 들렸다.

"네, 알겠습니다. 청소부님은 물 떠 왔으니 마시세요. 여기 놓고 갈게요."

안내자는 바로 옆 탁자에 물컵을 놓고 떠났다. 어라, 여긴 후추의 방인데?

"정신이 들어?"

후추였다.

'내가 왜 여기 있어?'

벽에 부딪힌 것까지는 기억이 나는데 그 뒤로는 아무것도 떠오르지 않았다.

"큰일 날 뻔했어. 르띠따들이 널 발견해서 다행이지. 안내자도 신속하게 움직였고."

침대에서 일어나 앉는데 몸이 엄청나게 가벼웠다. 벽에 부딪혔다면 쑤시고 아파야 할 몸이 가뿐했다. 안내자가 놓고 간 컵에 손을 뻗자 후추가 컵을 뒤로 잡아 뺐다.

"쓸데없이 물을 가져와서 이거 참…. 놀라지 말고 들어."

피아는 후추의 꽉 다문 입술을 보고 불안해졌다.

"지금 넌, 몸이 사라지고 영혼만 남아 있는 상태야."

'내 몸이 사라졌다고?'

뭐 이런 말도 안 되는 농담이 다 있나 싶었다. 하지만 후추의 얼굴에는 웃음기가 없었다. 오히려 심각한 눈길로 피아를 쳐다봤다. 피아는 양손을 들여다봤다. 피아가 기억하는 손과 다를 바가 없었다. 손가락도 원하는 대로 움직였다. 다른 점이 있다면….

손 너머로 후추가 보였다. 마치 얇은 천 뒷면이 비치는 것처럼.

'이게 뭐야?'

피아는 벌떡 일어났다. 팔과 다리, 심지어 배 뒤쪽 너머도 그대로 보였다. 피아는 후추가 들고 있던 컵에 손을 뻗었다. 손이 그대로 컵을 통과했다.

'이게… 무슨….'

이번에는 장식장에 손을 댔다. 무언가 닿는 느낌 없이 손은 그대로 장식장을 통과했다.

'이게 무슨 일이야 도대체…. 난 그저 벽에 부딪혔을 뿐인데 몸이 사라졌다니?'

피아는 후추를 돌아봤다.

"'영혼을 보는 안개'를 주문한 손님처럼 너한테도 시간이 별로 없어."

'시간이 별로 없다니? 설마 사람들이 나를 잊은 거야?'

"안개 때문일 거야. 널 잊고 싶어서 잊은 건 아닐 거야."

'나나 할머니도 날 잊었다고?'

마음속이 와르르 무너지는 것 같았다. 더는 후추의 말이 귀에 들어오지 않았다. 피아는 비틀대다가 자리에 털썩 주저앉았다.

산에서 들에서 우리 아가와 깔깔대며 놀아봅시다.

넘어져도 괜찮아요. 훌훌훌 다시 일어나면 되지요.

어렸을 적 잠이 오지 않는다고 할 때마다 할머니가 자신을 업고 불러주던 노래가 떠올랐다. 할머니와 함께했던 순간들도. 할머니와 처음 언덕에 올랐을 때, 할머니는 피아를 꼭 안고 산에서 나는 어떤 약초보다도 피아가 소중하고 어떤 꽃보다도 피아가 아름답다고 했다. 그런데 할머니마저 자신을 잊었다니. 믿을 수 없었다.

'안개 때문에 다들 날 잊어버렸다고 해도 미치 아저씨는….'

"그는 죽는 날까지 널 기억한다는 약속을 지켰어. 문제는 그가 네가 태어나기 훨씬 전의 사람이라 아무리 살아 있는 내내 널 기억했어도 네 세계에서는 별 소용이 없다는 거지. 그거 뭐야?"

후추는 피아의 주머니를 가리켰다.

'뭐냐니? 여기 뭐가 있어?'

피아는 주머니 속에 손을 집어넣었다. 무언가 움직였다. 주머니에서 손을 빼니 한 마리의 나비가 날아올라 피아의 손등에 앉았다. 피아는 천천히 손을 움직여 나비를 살폈다. 나비는 봄의 신이 줬던 핀처럼 파란색과 보라색이 섞인 색을 띠고 있었다.

자신의 손처럼 나비도 흐릿해지고 있는 듯했다. 날개에 주변 사물이 비쳤다. 나비는 날개를 활짝 펴 날갯짓을 몇 번 하더니 피아의 손등에 찰싹 달라붙었다. 피아는 손등을 조심스럽게 만졌다. 문신 같았다.

"그게 네 영혼을 붙잡고 있었어. 그게 없었으면 네 영혼은 이미 사라졌을 거야. 시간이 별로 없어. 표식이 완전히 사라지기 전에 동굴 밖으로 나가야 돼."

'나가면?'

"마을로 돌아가야지. 이러다간 네 영혼도 사라져. 지금 나가야 영혼도 살리고 몸도 찾아."

'이대로 나가라고? 그럼 할머니는? 우리 마을은?'

"좀 나가! 너도 사라지고 싶어서 그래?"

후추가 으르렁거렸다.

'할머니가 예전으로 돌아갈 수 없다면 나도 사라진 거나 마찬가지야!'

"그만 좀 해! 너도 아주 이기적이고 제멋대로구나!"

후추는 씩씩대더니 피아를 화난 눈으로 쳐다봤다.

따지고 보면 후추가 검객에게 안개와 해독제만 넘기지 않았어도 이런 일은 일어나지 않았을 텐데. 피아의 속이 부글부글 끓었다.

"아직 늦지 않았다고 그랬잖아."

피아가 소리를 꽥 지르려던 참에 후추가 말했다. 후추는 맞은편 의자에 앉더니 손으로 목덜미를 쓸었다.

"네 몸이 사라진 지는 꽤 된 것 같아. 그동안 무언가가 너를 보호하고 있었어."

'그게 뭔데?'

"난 모르지. 코마가 뭘 빼앗아 갔어? 코마가 훔쳐 갔다면 꽤 귀한 것 같은데."

'코마? 그 악명 높다던 안개 사냥꾼? 그럼 내가 아까 맞닥뜨린 게 코마였어?'

후추는 대답 없이 피아를 빤히 쳐다봤다.

대답이라도 해주면 덧나나. 코마가 뭘 가져갔더라?

그제야 목걸이가 생각났다. 목덜미에는 아무것도 없었다.

"목걸이? 그건 어디서 난 거야? 잊힌 것들의 동굴의 규칙을 거스르면서 효력을 낼 수 있는 거라면 흔한 게 아닐 텐데."

'그 목걸이는 부모님이 나에게 남긴 유일한 물건이야.'

"인간 부모가 남겼다고? 그럴 순 없는데."

후추가 자리에서 일어나더니 방 안을 왔다 갔다 했다.

"오해 말고 들어. 이미 사라져야 마땅한 네 몸을 붙잡고 보호할 만한 힘이라면 그건 신의 물건이야. 평범한 인간이 가질 수 있는 물건이 아니라고."

'내 목걸이가?'

"네 목걸이 아니고 신의 목걸이야. 어떻게 해서 네 손에 들어갔는지는 모르겠지만 지금 중요한 건 그게 아니니까. 일단 찾으면 나한테 반납해."

'내가 왜.'

"신의 물건이라니까 그러네."

후추가 어깨를 으쓱였다. 자기도 어쩔 수 없다는 말투였다.

"몸이 사라지는 걸 거스를 수 있을 만한 힘이라…. 그래서 그동안 영향을 받지 않았던 걸까? 그런 힘을 가진 물건이 존재할까?"

혼자 중얼거리며 계속 왔다 갔다 움직이는 후추를 보고 있자니 현기증이 날 것 같았다. 피아는 눈을 감고 지금까지 있었던 일을 되짚어 봤다. 목걸이가 날 보호하고 있었다고? 신의 목걸이라고? 지금 후추가 뭔가 착각하고 있는 게 아닐까?

"처음부터 네가 뭔가 다르다고 생각하기는 했어. 안개를 주문할 것도 아닌데 잊힌 것들의 동굴을 찾은 것도 그렇고, 네 마을 사람들 모두 안개의 영향을 받을 때 너만 괜찮았던 것도 그렇고, 아무런 보호 장치 없이 동굴에서 지내는 것도 그렇고…. 예전에 그런 목걸이가 존재하긴 했는데…. 아니다. 그게 그 목걸이일 리는."

후추는 고개를 내저었다.

'그런데 목걸이를 뺏겼잖아. 그것도 악랄하다고 소문난 코마한테.'

"코마도 이 후추한테는 별수 없지."

후추는 또 한 번 어깨를 으쓱였다.

"내가 이미 모든 출구를 닫아서 코마는 동굴 밖으로 나갈 수 없어. 물론 지금쯤 흥분해서 어딘가에서 값나가는 물건들을 뒤지고 있겠지. 곧 안내자가 코마를 발견할 거야. 그럼 그때 처단하러 가면 돼."

후추는 연주할 때처럼 여유롭고 자신감이 가득해 보였다.

'그러고 나선 어떻게 할 건데?'

210

"그건 너도 볼 테니까 걱정 마. 여하튼 오늘 소동을 알면 르띠따들이 또 한바탕 난리를 피우겠는걸. 난 잠깐 나간다. 아무것도 만지지 말라고 하고 싶은데 어차피 아무것도 만질 수 없으니 그건 말 안 해도 되겠지."

말을 한 건지 만 건지. 후추가 얄밉긴 했지만, 고마웠다. 덕분에 부모님의 유품도 잃고 영원히 몸도 잃을 수 있는 심각한 상황에 덜 심각해질 수 있었다.

30

꺼져가는 꿈

피아는 후추의 방을 둘러봤다. 아무도 없어서 그런지, 처음이 아니어서 그런지 후추의 방을 둘러보는 게 전보다 훨씬 편했다. 영혼으로 다니는 것도 나쁘지 않았다. 아무것도 만질 수는 없었지만 오히려 아무 장애물 없이 움직일 수 있다는 게 조금 신나기도 했다. 천진난만한 소리처럼 들릴 수 있어도 할 수 있는 일이라곤 후추를 믿는 것밖에 없었다.

그러고 보니 후추는 한 번도 자신이 말한 걸 저버린 적이 없었다. 뭔가를 확실히 말하는 일이 드물기는 해도 말한 것은 지켰다. 미치 아저씨를 도와주기도 했고, 지금은 자신의 몸을 찾아주려고 한다. 이래서 다들 후추를 따르는 걸까?

방 제일 안쪽 구석에는 피아 키의 두 배는 될 만한 나선형 띠가 떠 있었다. 띠를 따라 구슬들이 배열돼 있었는데, 그 모습이 이상하게 슬프고 쓸쓸해 보였다. 검은 구슬 두 개가 유독 눈에 띄었다. 하나는 가운데에 잎사귀 같은 무늬가 있었고, 다른 하나에는 사각형 무늬가 있었다.

피아는 잎사귀 무늬가 새겨진 구슬에 손을 뻗었다. 당연히 아무것도 닿지 않을 줄 알았는데, 따스한 감촉과 함께 눈앞에 낯선 풍경이 펼쳐졌다.

낮이었고 밖이었다. 흙 내음이 났다. 20대로 보이는 남자가 장갑을 끼고 삽질을 하고 있었다. 한 노인이 그에게 다가왔다.

'그동안 정원을 아름답게 가꿔줘서 고마워. 이제 이쪽 땅은 네 것이야. 뭐든 네가 원하는 대로 키워봐.'

노인은 정원 한쪽을 가리켰다.

난생 처음 내 땅을 갖게 됐어. 남자는 설레는 마음에 늦게까지 정원을 가꿨다. 남자의 기뻐하는 마음이 피아에게 고스란히 전해졌다. 마치 남자가 된 것 같았다.

'주인 할아버지가 돌아가셨습니다.'

걸걸한 목소리가 어둠을 갈랐다.

'너 따위 정원사가 뭘 안다고. 꺼져. 이곳엔 건물을 지을 거야.'

울고 있는 남자가 보였다. 오랜 기간 정원으로 가꿔왔던 곳이 하루아침에 쑥대밭으로 변해 있었다. 남자는 하루아침에 아버지처럼 따르던 사람과 사랑하는 일, 집 같은 공간을 잃었다. 가슴이

텅 빈 것 같았다. 눈물이 하염없이 흘렀다.

피아는 뒷걸음질 치며 구슬을 손에서 놓았다. 그러자 흙과 땀이 섞인 냄새도, 남자도 사라졌다. 피아를 축 늘어뜨렸던 감정들도 거짓말처럼 없어졌다. 돌아보니 피아는 아직 후추의 방이었다.

피아는 잎사귀가 새겨진 구슬과 손을 번갈아 보다가 이번에는 사각형 무늬가 새겨진 구슬에 손을 올렸다.

'우리 한 명 모자라는데 너도 낄래?'

공을 든 여자아이가 흙바닥에 그림을 그리고 있는 남자아이에게 말했다. 남자아이는 고개를 젓고 그림을 그렸다.

'치, 또 그림이야? 그럼 우리끼리 논다! 이따 끼워달라고 하지 마.'

아이는 자신의 세상을 그리는 게 친구들과 노는 것보다 더 재밌었다.

'하라는 공부는 안 하고 이게 뭐냐?'

아이가 가져온 책에 그림이 그려져 있는 걸 발견한 아이의 아버지는 화를 주체하지 못해 아이를 향해 팔레트를 던졌다. 팔레트가 아이의 얼굴을 강타했다.

'촌장님, 무슨 일이에요?'

아이의 유모가 달려왔다. 유모는 바닥에 뭉개진 물감과 널브러진 미술용품, 갈기갈기 찢긴 책, 피가 철철 흐르는 아이의 얼굴을 보더니 비명을 질렀다.

'말을 꺼낸다면 마을을 떠나게 만들겠소.'

유모는 입을 막고 고개를 끄덕였다.

'상처는 치료해야….'

'약방에 사람을 보내시오.'

아이는 그대로 쓰러졌다.

아이의 얼굴 한쪽에는 눈에서부터 볼을 가로지르는 깊은 상처가 남았다. 사람들은 아이를 볼 때마다 상처에 관해 물었다.

아이는 점점 말을 잃었다. 그림을 그리지 못한 아이는 끙끙 앓았다. 밥도 먹지 못하고 토하기를 여러 번, 아이의 아버지는 다시 약방 여자를 불렀다.

'아이가 똑똑해요. 괜찮다면 약방에서 가르치고 싶어요.'

지혜롭다는 약방 여자가 제 아들을 칭찬하자 아버지는 우쭐했다. 약방 여자는 아이에게 약방에 와서 그림을 마음껏 그리라고 귀띔했다.

'옆 마을에 화방이 생겼던데.'

어느 날 옆 마을 환자를 치료하고 온 약방 여자가 청년이 된 아이에게 말했다. 청년은 공부하고 오겠다는 핑계를 대고 여자가 일러준 이웃 마을에 갔다. 매일 같이 화방에 가서 그림 그리는 방법,

재료를 사용하는 방법 등을 어깨너머로 배웠다.

'우리 지금까지 그린 그림을 전시하자.'

동료 화가의 제안에 청년은 잠을 줄여가며 그림을 그렸다.

전시가 얼마 남지 않은 어느 날, 숙소로 돌아온 청년은 자신의 그림이 모두 마당에 내팽개쳐져 있는 걸 발견했다. 심지어 그가 며칠을 밤낮으로 그린 그림은 구겨지고 찢어져 있었다.

'네 녀석이, 하라는 공부는 안 하고 이까짓 걸 하고 있었어? 내가 네 녀석에게 공부하라고 먹여주고 입혀준 게 얼만데 이딴 거에 눈이 팔려서. 사정사정해서 겨우 좋은 학교에 입학 허가를 받아놨더니 뭐, 그림? 얼이 빠져서는.'

수염이 길게 자란 남자는 누군가 들고 있던 빗자루를 빼앗아 청년을 때렸다. 하지만 청년은 얻어맞은 등보다도 가슴이 타들어가듯이 아팠다. 순간 청년은 아버지가 자신을 향해 팔레트를 던지던 순간을 떠올렸다. 책에 그렸던 자신의 첫 작품이 갈기갈기 찢기던 순간도. 그때고 지금이고 다들 아버지가 두렵다는 이유로 자신을 도와주지 않았다. 산산조각 난 그림과 함께 자신의 꿈은 박살 나버렸다. 엄마도 아버지가 이렇게 박살 냈을까?

무언가 차가운 것이 피아의 손에 닿았다. 고개를 드니 앞에 후추가 서 있었다. 후추의 손에는 조금 전 피아가 만졌던 구슬이 들려 있었다.

"너 같은 인간이 잊힌 꿈을 만지는 건 위험해. 꿈의 주인이 꿈을 잊는 동안 느꼈을 감정을 너도 같이 느낄 테니까."

'이게 잊힌 꿈이라고? 빛이 나지 않는데?'

그냥 평범한 구슬 같았다.

"정확히는 주인에게 잊히고 잊혀서 사라지기 일보 직전의 꿈을 만졌지. 꺼져가는 꿈. 그래서 평범한 구슬처럼 보이는 거야. 참 웃기지. 정작 중요한 게 뭔지도 모르고 현실이라는 이유로, 다른 사람들이 반대한다는 이유로 인간들은 자신에게 소중한 꿈을 철저하게 내팽개치거나 학대해. 꿈을 잃은 대가가 얼마나 큰 줄도 모르면서."

'유한 오빠가… 왜… 여기 있어? 설마 그럼 이거 유한 오빠 꿈이야? 오빠가 촌장 아저씨랑 싸워서 사라졌다는 소문이 사실이었던 거야?'

후추는 아무 말 없이 구슬을 피아 손에 쥐여줬다. 동시에 소중한 것을 모두 잃었다는 분노가 몸을 타고 머리끝까지 올라왔다.

'설마…. 그럼 유한 오빠가 그런 거야? 유한 오빠가 왜? 아무리 화가 나도 그렇지, 유한 오빠가?'

나나 할머니가 유한 오빠의 어렸을 때 이야기를 들려준 적이 있다. 여름이 다 지나간 어느 날, 유한 오빠가 땅에 떨어진 매미를 들고 약방을 찾아왔다고 했다. 유난히 몸이 약했던 유한 오빠는 마을에서 약방까지 쉬지 않고 뛰어오는 바람에 한동안 끙끙 앓았다고 했다. 죽은 매미를 보고 울던 유한 오빠가 마을 전체를 위기에 빠뜨렸다고?

'그럼 그 검객이 유한 오빠야? 말도 안 돼.'

피아는 울고 싶었다. 이상하게 아무것도 할 수 없었다. 피아는 자리에 털썩 주저앉았다.

"이럴 시간이 없어. 코마를 찾았어. 지금 가야 해. 내 손 잡아."

후추가 손을 내밀었다.

피아는 고개를 떨군 채 일어서지 않았다. 지금까지 유한 오빠가 마을 사람들을 위험에 빠뜨리는 안개를 주문했다니. 다른 사람도 아니고 유한 오빠가 그랬다니…. 차가운 말투, 날카로운 눈매, 으스스한 아우라. 아무리 생각해도 검객이 유한 오빠일 수는 없었다. 동글동글한 눈매에 따뜻한 미소를 지닌 오빠의 얼굴이 아른거렸다.

"시간 없다니까. 이러다 네가 사라져."

'내가 사라지든 말든 이미 다 끝났는데 뭐 해.'

피아는 어깨를 움츠렸다.

"아니, 그렇지 않아. 그러니까."

후추는 내민 손을 흔들었다.

'나 너 못 잡잖아.'

"잡아보래도."

피아가 손을 뻗자 후추의 얼음장같이 차가운 손이 느껴지나 싶더니 어두컴컴한 곳이 눈앞에 보였다.

'이게 무슨….'

'안개의 마법. 지금부터는 소리 내면 안 되니까 생각으로 말할게.'

후추의 목소리가 피아의 머릿속에 울려 퍼졌다.

'나도 그래야 해?'

'넌 이미 그러고 있는걸. 영혼이 인간처럼 말을 한다면 이상하잖아.'

'뭐?'

피아는 자신을 유령 취급하던 안내자가 떠올랐다. 그래서 내 말에 대답하지 못했구나.

'설명할 시간 없고 내가 '지금'이라고 외치면 그때 목걸이를 가져와서 바로 목에 걸어. 그게 네 임무야. 무슨 일이 있어도 절대로 그 전에는 움직이면 안 돼. 쉬운 일처럼 들려도 어려운 거니까 정신 바짝 차리고. 알았지?'

후추의 말이 이해되지 않았지만, 피아는 일단 고개를 끄덕였다.

31

*

안개 사냥꾼 코마

코마를 찾는 데는 그리 오래 걸리지 않았다. 멀리서도 코마가 뭘 하고 있는지 다 들렸다. 코마는 철 더미를 뒤지고 있었다. 후추의 예상대로였다.

코마가 시야에 들어오자 후추는 한쪽 팔을 내밀어 피아가 앞으로 나아가는 걸 막았다. 후추의 팔이 피아에게 닿자 찌릿하며 강한 전율이 온몸으로 전해졌다. 주체할 수 없는 흥분, 호기심, 약간의 화, 슬픔과 함께 후추의 가족 사진이 보였다.

'여기서 기다려. 기억하지? '지금'이라고 외치면 목걸이를 가져오는 거. 잊지 마, 무슨 일이 있어도 그 전에는 절대 가까이 오면 안 돼.'

거듭 당부한 후추가 코마 쪽으로 걸어갔다. 코마는 갑자기 하던 일을 멈추고 코를 킁킁대더니 후추와 피아 쪽으로 고개를 돌렸다.

빨간 눈이 어둠 속에서 무섭게 빛났다.

'딸꾹'

어떡해. 급하게 두 손으로 입을 막았다가 코마가 이 소리를 들을 수 없다는 걸 깨닫고 피아는 안도했다.

"후추, 너인가 보지? 냄새가 나."

"이런, 냄새를 맡았나?"

"처음 나타났을 때부터 냄새가 났지. 잘났다고, 고귀하다고 젠체하는 냄새. 멀리서도 이 냄새는 지나칠 수가 없어."

코마는 두 손에 칼을 들고 후추에게 달려들었다. 육중한 몸집의 코마 앞에서 후추는 상대적으로 작고 가녀려 보였다. 코마가 노련한 사냥꾼이라면 후추는 고상한 연주가였다. 코마가 경험 있는 중년 남자라면 후추는 풋내기 어린애로밖에 보이지 않았다. 승산 없는 싸움 같았다.

피아는 후추를 향해 한 발자국 내디뎠다.

'오지 마. 지금 아니야. 앞으로는 무슨 일이 있어도 오면 안 돼. 내가 '지금'이라고 외칠 때까지는.'

후추의 생각이 피아의 머릿속으로 흘러들어왔다.

도대체 뭘 어쩌려는 거지? 피아는 침을 꼴깍 삼켰다.

"으아아아!"

코마는 소리를 지르며 후추를 향해 달려들었다. 코마의 칼이 닿기 직전에 후추는 살짝 몸을 틀어 피했다. 코마는 균형을 잃었지만 바로 몸을 일으켜 세웠다. 코마는 다시 칼을 휘둘렀고 후추는 매번 가볍게 피했다.

후추는 자연스럽고 부드럽게 움직였다. 후추를 겨냥한 날카로운 칼과 안개 사냥꾼의 무서운 생김새만 아니라면 한 편의 무용극을 보는 것만 같았다. 후추에게 가벼운 상처도 내지 못하자 씩씩거리던 코마는 가죽옷 안에서 무언가를 꺼냈다. 작은 주머니 같았다.

"이게 있었지."

코마는 꺼내 든 것을 칼로 갈랐다.

"최근에 사냥한 건데 상태가 아주 좋아."

주머니에서 검은 안개가 스멀스멀 나왔다. 비열한 웃음소리를 내며 코마는 안개 사이로 사라졌다. 검은 안개가 퍼져 나가고 더는 후추도 안개 사냥꾼도 보이지 않았다.

검은 안개는 어느새 피아가 있는 곳까지 와 주변을 메웠다. 사람 형상을 한 검은 그림자들이 손을 맞잡고 피아를 둘러싸더니 원을 그리며 돌기 시작했다. 동시에 오랫동안 잊고 있던 기억이 스르르 일어났다. 안개처럼 흐릿한 형태를 띠고 있던 기억이 형체를 만들더니 피아 앞에 나타났다.

피아는 방에 누워 있었다. 해는 중천에 떠 있었다. 살짝 열려 있는 창문을 통해 왁자지껄한 소리가 들려왔다. 아이들이 뛰어다니는 소리, 낄낄대고 웃는 소리, 누군가를 부르는 소리. 친구들이 한

창 밖에서 놀 시간이었지만 피아에게는 꽤 늦은 밤처럼 느껴졌다. 밤새 약초를 캐고 산에서 내려온 지 얼마 되지 않았다. 곧 약초를 다듬어야 했기에 오래 쉬지도 못할 것이다. 그리고 나면 다시 새벽에 약초를 캐러 가야 해서 초저녁부터 잠자리에 들어야 했다. 우리는 왜 남들처럼 마을에서 살 수 없는 걸까? 친구들처럼 그냥 신나게 놀 수 없는 걸까?

점점 장면이 흐려지더니 다른 장소가 나타났다.

온 세상이 깜깜할 때, 피아와 나나 할머니는 북쪽 언덕에 올랐다. 피아가 졸린 눈을 비비며 나나 할머니 뒤를 따라가는데 갑자기 할머니가 손을 입에 대며 조용히 하라는 신호를 보냈다. 인근 마을에서 온 도적 떼나 사나운 짐승이 가까이에 있을 때처럼. 낙엽이 수북이 쌓여 있을 때라 한 걸음도 움직이지 못하고 그 자리에 서 있었다. 그런데 오줌이 마려웠던 피아는 결국 선 채로 오줌을 싸버렸다. 무엇이 앞에 있을지 모른다는 공포에 울지도 못했다.

다시 장면이 흐려지더니 이제는 시장 한가운데에 서 있었다.

사람들은 피아를 보고 마녀라고, 부모가 버렸다고 수군거렸다. 피아는 발가벗겨진 상태로 세상 한가운데에 서 있는 것 같았다. 나나 할머니는 진짜 가족이 아닌 걸까? 태어났을 때부터 버려졌다는 사실이, 누구에게도 환영받지 못한다는 생각이 심장 한복판을 깊게 찔렀다. 아무도 없는 곳에 숨고 싶었다. 나나 할머니도 보고 싶지 않았다. 어쩌면 이미 할머니도 날 시장 한복판에 버리고 떠난 걸지도 몰랐다. 엄마도 아빠도 할머니도 다들 내가 못나서 날 버리나 보다.

'즐거웠던 기억에 집중해.'

후추의 목소리가 끼어들었다. 동시에 사람들의 웅성거리는 소리가 잦아들었다.

'기억은 항상 두 가지 얼굴을 하고 있어. 어떤 일이 일어나면 슬프고 어두운 기억도 만들어지지만, 밝고 기쁜 기억도 함께 생겨. 지금 떠올렸던 기억에서 즐겁고 행복했던 면들을 생각해봐. 어떤 게 좋았어?'

피아는 기억을 되짚었다. 후추가 말한 대로 슬프고 무서웠던 기억이 전부가 아니었다.

나나 할머니와 약초를 다듬는 시간이 좋았다. 말없이 약초를 다듬고 있으면 모든 것이 평화롭게 느껴졌다. 약초를 다듬으면서 나나 할머니는 마을의 전설이나 오래전부터 전해 내려온 얘기를 해주었다. 할머니와 웃고 떠들다 보면 날이 금방 저물었다. 이른 저

녁이 되면 이웃집 아저씨와 아주머니가 바리바리 반찬을 싸 들고 놀러 왔고 네 사람은 한 상 배부르게 저녁을 먹었다.

오줌을 싼 날 피아는 욕조에서 목욕을 했다. 나나 할머니는 피아의 등을 밀어줬다. 따뜻한 물에 몸을 담그니 얼었던 몸이 다 풀리는 것 같았다. 명절이 돼서야 할 수 있는 목욕을 미리 할 수 있었다. 산에서 있었던 일은 다 잊은 양 오히려 오줌을 싸기 잘했다는 생각이 들었다. 피아와 할머니는 키득키득 웃었다. 할머니와 공유하는 비밀이 하나 더 생겼다.

나나 할머니가 시장 한복판에서 울고 있는 피아를 안았다.
'피아야, 너랑 나랑 어떻게 엮였든 가장 중요한 건 너는 내 가족이라는 사실이야. 나도 네 가족이고. 우리가 같은 핏줄인지는 별로 중요하지 않아. 네가 나에게 소중한 존재라는 사실은 바뀌지 않아. 마을 사람들도 심지어 가온누리도 다 네 가족이야. 넌 혼자가 아니야. 네가 우리에게 얼마나 소중한 존재인데.'

피아의 볼을 타고 눈물이 흘러내렸다.
피아의 영혼이 빛나면서 주변을 밝혔다. 피아를 감싸고 있던 검은 그림자들이 슬금슬금 뒷걸음쳤다. 안개가 흩어지면서 주변이 보였다.

후추는 한쪽 벽으로 밀어붙여진 채 안개 사냥꾼에게 목이 졸리고 있었다. 후추의 얼굴은 고통스러워 보였다.

"너처럼 편하고 행복하게만 살아온 고귀한 존재들에게는 '그림자 안개'만 한 게 없지. 고대의 마법이 담긴 안개는 신도 어떻게 할 수 없다더니만 그게 사실이었나 보군. 후추, 너는 우리 안개 사냥꾼들 사이에서 최고의 거래처이자 두려운 대상이었어. 다른 공장들이 우리를 피하거나 싼값에 안개를 사들이려 했을 때 네 안개 공장은 비싼 값에 안개를 사준다고 했지. 그것도 자주. 안개 사냥꾼들 사이에서는 너 나 할 것 없이 좋은 조건이었지만 난 알아, 실제로 네 공장에서 되돌아온 사냥꾼들은 몇 없다는 걸. 네가 다른 사냥꾼들에게 뭘 했는지는 관심 없지만, 나한테는 안 통한다. 좋은 기억을 좀먹으면서 아주 고통스럽게 사라지게 될 거야. 목걸이도 생겨서 잊힌 것들의 동굴에서 사라질 걱정을 할 필요도 없겠다, 이젠 내가 안개 공장의 후추가 되어볼까? 네 심장도 비싼 값에 팔리겠지."

코마가 이를 드러내며 웃었다.

피아는 후추에게 달려가려다, 후추가 했던 말에 멈칫했다.

'잊지 마, 무슨 일이 생겨도… 절대 가까이 오면 안 돼.'

그게 지금도 포함되는지 모르겠다. 후추를 믿어보기로 했다.

후추의 눈이 스르르 감겼다. 코마는 후추를 잡고 있지 않은 다른 손으로 자신의 팔뚝만 한 칼을 들어 올렸다. 칼끝이 빛났다. 코마가 칼을 힘껏 내리치는 순간 피아는 눈을 질끈 감았다.

피아의 목이 딱딱해지고 뜨거워졌다. 왜 진작 달려가지 않았을까, 왜 그냥 보고만 있었을까…. 왜 목걸이를 그렇게 뺏겼을까. 왜 마을의 안개를 없애달라고 굳이 안개 공장을 찾아와서 후추를 이런 위험에 빠뜨린 걸까. 동굴 밖을 나가라고 할 때 나갔으면 후추는 구했을 텐데…. 후회가 밀려왔다. 마을도 구하지 못하고 후추까지 위험하게 만들다니. 마을에도 후추에게도 도움은커녕 걸림돌이 된 자신이 너무나도 한심했다.

32

✳

안개 사냥꾼의 비밀

"아아아아아!"

코마가 울부짖었다.

피아는 감았던 눈을 떴다. 안개 사냥꾼의 칼은 후추의 심장을 겨냥한 채 멈춰 있었다.

"뭐야! 이거 왜 안 움직여?"

칼을 쥔 코마의 팔이 부들부들 떨렸다. 사냥꾼의 팔뚝에 선 핏줄이 멀리서도 선명하게 보였다.

후추는 피아가 마지막으로 본 모습 그대로 코마에게 목이 졸린 채 눈을 감고 있었다.

뭐지? 왜 멈춰 있지? 피아는 상황이 이해되지 않았다.

후추가 두 눈을 부릅떴다. 동시에 안개 사냥꾼의 칼이 후추의 가슴 쪽으로 미끄러졌다.

'후추, 안 돼!'

피아가 눈을 감을 새도 없이 칼은 후추의 가슴에 가 닿았다. 하지만 칼은 후추의 가슴에 내리꽂히지 않았다. 후추의 몸에 닿는 순간 가루가 되어 허공으로 흩어졌다. 피아는 제자리에 주저앉았다. 후추의 낮은 웃음소리가 동굴을 울려 퍼졌다.

"첫 번째 규칙. 잊힌 것들의 동굴을 구성하는 모든 것은 하나도 빠짐없이 전부 다 나, 잊힌 것들의 동굴과 안개 공장을 다스리는 신, 후추에게 귀속된다. 굳이 네가 알아듣기 쉬운 말로 바꿔주면 여기서 구한 어떤 것으로도 날 해칠 수 없어. 그리고 내가 이런 장난감 같은 걸로 고통받을 줄 알았다고? 명색이 안개 공장의 후추인데 안개를 가지고 덤비다니. 그림자 안개가 벌이는 눈속임은 세 살 때 끝냈다고."

후추의 자신감 넘치는 목소리가 동굴에 울려 퍼졌다.

"그리고 편하고 행복하게만 살아온 고귀한 존재? 이 몸이 고귀한 건 맞지. 그런데 보기보다 고생도 많이 했고 슬픈 기억으로 가득하거든. 너무 완벽해서 안 그래 보이나?"

후추는 이 와중에도 농담할 여유가 있었다.

"난 이걸 선물하려고 왔지."

후추는 망토 사이에 손을 넣어 까만 구슬을 꺼냈다.

"이제야 주인을 찾았네. 조심히 가. 첫날은 물을 듬뿍 줘야 하는 걸 잊지 말고."

후추는 구슬을 코마의 몸을 향해 밀어넣었다. 그 순간 코마의 몸에서 한낮의 태양같이 밝은 빛이 터져 나왔다. 코마의 육중한 몸이 시끄러운 소리를 내며 쓰러졌다.

빛은 한동안 동굴 전체를 밝게 비추더니 서서히 옅어졌다. 마지막에는 코마의 가슴 언저리에만 어렴풋하게 남았다.

후추는 코마 주위를 돌아다니며 피아가 알아들을 수 없는 말을 외쳤다. 말이 끝나자마자 거대한 소음과 함께 땅이 흔들렸다.

'지금이야! 목걸이를 가져가.'

후추의 목소리가 피아의 머릿속을 울렸다.

피아는 코마 쪽으로 달려갔다. 코마 아래에 검은 구멍이 생겼다. 피아는 코마의 목에서 목걸이를 빼 목에 걸었다. 삽시간에 몸이 코끼리처럼 무거워져서 피아는 휘청였다. 발끝에 닿은 돌멩이가 후추가 만든 검은 구멍으로 떨어졌다. 구멍 안이 어찌나 어두운지 세상에 존재하는 모든 빛을 삼킬 수 있을 것 같았다. 몸의 무게가 피아를 짓눌렀다. 다리 힘이 풀려 그 자리에 그대로 주저앉고 싶었다. 구멍은 점점 커졌다. 이러다가는 구멍에 삼켜질 것 같았다. 피아는 무거운 몸을 이끌고 한 발 한 발 움직여 겨우 반대편 벽으로 향했다. 벽에 닿자마자 피아는 바닥에 철퍼덕 주저앉았다.

검은 구멍은 계속 커졌고 코마의 몸은 점점 작아졌다. 구멍과 코마가 얼추 비슷한 크기가 됐을 때, 코마는 맥없이 검은 구멍 속으로 떨어졌다.

"코마는 죽은 거야?"

"난 누구도 해치지 않아. 단지 사냥꾼이 되기 전으로 돌려보냈을 뿐이야."

"원래 뭐였는데?"

"인간."

"인간? 그럼 안개 사냥꾼도 사람이야?"

피아의 두 눈이 튀어 나올 것처럼 커졌다. 피아가 본 안개 사냥꾼들은 거대한 짐승에 가까웠지, 사람처럼 보이지 않았다.

"응. 인간이 상처, 화, 슬픔 등에 시달리다가 결국 욕망에 넘어가면 안개 사냥꾼이 돼. 몸은 욕망이 그리는 대로 변하지."

"그럼 아까 코마는 어떻게 된 거야? 갑자기 맥없이 쓰러졌잖아. 어떻게 인간으로 되돌아갔다는 거야?"

"내가 그자의 것이었던 걸 돌려줬거든."

"그게 뭔데?"

"꿈."

"꿈?"

"한때는 그를 빛나게 했던 꿈 말이야. 인간이 꿈을 잃어버리면 어떻게 될까? 가슴속에 자리 잡은 빛이 사라진다면? 깜깜한 곳에서 평생을 살아간다면?"

피아는 후추의 말을 천천히 곱씹었다.

"꿈이라는 거, 한번 잊으면 완전히 잃어버리는 거야? 주인에게 되돌아갈 순 없는 거야?"

후추는 가만히 피아의 눈을 응시했다.

"'영혼을 보는 안개'를 주문한 남자처럼 가끔 주인에게 되돌아가는 꿈도 있어. 인간이 꿈을 다시 이루려고 마음먹을 때 그런 일이 일어나지. 물론 아주 드문 일이지만."

"꿈을 잃어버리면 안개 사냥꾼이 되는 거야?"

"되기 쉽지. 꿈이 없는 인간은 욕망의 지배를 받기 쉽거든."

"그럼 꿈을 찾았는데 코마는 왜 쓰러졌어?"

"몸을 되찾은 꿈은 엄청나게 무겁거든. 몸이 꿈을 감당하는 데에도 시간이 걸리고. 그래서 정신을 잃은 것뿐이야. 이젠 꿈이 제자리를 찾았으니까 안개 사냥꾼으로서의 기억은 잃고 열심히 살거야. 원래는 열정적이고 착한 사람이었거든. 지금쯤 원래 살던 곳으로 돌아갔을 테지. 애지중지하던 아름다운 꽃밭을 가꾸면서 말이야."

후추의 얼굴에 미소가 번졌다. 편안하고 행복해 보였다.

후추는 안개 사냥꾼들에게 돌려주기 위해 꺼져가는 꿈을 수집하고 있었던 게 아닐까? 사납고 무섭다는 안개 사냥꾼들을 안개 공장으로 불렀던 건 사실 그들의 꿈을 되찾아주고 선한 존재로 되돌리려는 게 아니었을까….

사냥꾼의 몸이 칠흑 같은 구멍 속으로 사라지자마자 구멍이 점점 작아졌다. 작아지는 구멍 사이로 무언가가 튕겨 올라왔다. 노란 주머니였다.

후추는 예상했다는 듯 주머니를 엄지와 검지로 가볍게 잡았다. 빨간 주머니가 튕겨 올라오자 이번에는 후추는 검지와 중지로 잡았다. 이어 대여섯 개의 주머니가 더 나왔고, 나올 때마다 후추는 여유롭게 주머니를 낚아챘다. 잠시 뒤 더는 아무것도 나오지 않자 후추는 손을 흔들며 피아 쪽으로 걸어왔다.

"그건 뭐야?"

"이렇게 질문이 많으니. 왜 안내자가 널 좋아하는지 알겠어."

피아는 조잘조잘 설명해주던 안내자가 보고 싶었다. 검객의 주문을 막지 못해 좌절하고, 검객이 유한 오빠라는 사실을 알아버리고, 안개 사냥꾼 코마를 만나고, 몸을 잃기까지, 마치 1년 같은 하루였다.

"이건 인간이 갖고 있으면 안 되는 물건. 코마는 저 **차원의 문**을 통해 사냥꾼이 되기 전의 상태로 돌아가. 그러니까 슬픔, 화, 상처로 가득 차기 전, 몸속에 꿈이 빛나고 있고 꿈을 위해 살던 시간으로 가는 거야. 그렇게 되면 코마가 사냥꾼으로서 가지고 있었던 물건, 즉 인간이 가지고 있으면 안 되는 물건들은 차원의 문을 통과하지 못하고 튕겨 나오게 되지."

후추가 아직 작아지고 있는 구멍을 가리켰다. 후추가 만든 건 단순한 구멍이 아니었다.

"안개 사냥꾼은 탐욕의 집합체라 희귀한 안개뿐만 아니라 값나가는 거라면 물불 안 가리고 수집하거든. 코마가 수집한 게 뭔지는 모르겠지만 이런 게 인간들의 세계에 흘러들면 큰 혼란만 낳을 거고…. 뭐, 덕분에 난 희귀한 물건을 얻는 거고."

후추는 주머니를 보란 듯이 흔들었다.

"그럼 이제 돌아갈까?"

후추는 피아를 향해 손을 내밀었다. 피아는 고개를 끄덕였다. 그때였다. 후추 뒤로 새하얀 수정 구슬이 튀어나왔다.

"어어, 저거."

피아는 손가락으로 구슬을 가리키며 몸을 일으켜 세웠다.

후추가 몸을 돌렸고 피아가 완전히 일어나기도 전에 수정 구슬은 그대로 단단한 동굴 바닥에 부딪혀 깨졌다. 수정에서 흰 연기가 스멀스멀 피어올랐다.

"하, 이거 귀찮게 됐군."

눈 깜짝할 사이에 연기는 후추와 피아 사이를 파고들었다. 바로 옆에 있던 후추가 보이지 않았다. 목소리도 들리지 않았다. 대신 흰 연기 사이로 빛나는 작은 별들이 하나둘씩 생겼다. 별들이 서서히 형체를 갖추기 시작하면서 눈앞에 인형극 같은 장면이 펼쳐졌다.

33
*
수정이 간직한 과거

　잊힌 것들의 슬픔과 서러움을 다스리는 여신과 자신의 손끝에서 만들어지는 음악으로 생명체의 상처를 치유하는 인간 남자가 있었다. 속한 세상은 달랐지만 여신과 인간 남자는 서로를 사랑했다. 하지만 여신은 자신이 다스리는 동굴을 떠날 수 없었고, 살아 있는 인간은 동굴에서 지낼 수 없었다.

　여신은 **신의 계약**을 맺었다. 계약으로 인간 남자는 동굴의 신비한 것들로 만들어진 목걸이를 받았다. 동굴 안과 밖, 잊힌 것들과 살아 숨 쉬는 세계, 신과 인간의 세계, 영혼과 몸을 이어주는 신비한 힘을 가진 목걸이는 유한한 삶으로부터 인간 남자를 보호했다. 그 덕에 인간 남자는 살아 있으면서도 동굴에서 지낼 수 있게 되었다. 여신은 그 대가로 자신이 다스리는 동굴 세계를 바쳤다. 여신은 인간 남자가 동굴에서 함께 지내는 동안만 동굴을 다스릴 수 있었다. 목걸이가 있는 한 인간 남자는 여신과 함께 영원히 동굴에 살 수 있었다. 얼마 지나지 않아 그들 사이에 아기가 태어났다. 여신과 인간 남자는 더할 나위 없이 행복했다.

동굴 밖 마을에 눈이 소복이 쌓인 어느 날, 아기의 몸이 검게 변했다. 아기는 울음을 그치지 않았다. 여신과 인간 남자는 할 수 있는 모든 것을 다 해봤지만, 아기는 점점 약해졌다.

인간의 손에 나으리라는 예언을 듣고 인간 남자는 동굴 밖으로 나갔다. 눈 내린 산을 헤집던 인간 남자는 산 근처에 살던 약방 여자에게서 약을 받아왔다. 아이는 죽지 않고 살아 무럭무럭 자랐다.

인간 남자는 때때로 아이와 여신을 위해 아름다운 음악을 연주했고 아이는 자주 인간 남자가 연주하는 모습을 흉내 냈다. 음악을 좋아하는 아이를 위해 여신과 인간 남자는 특별한 기계를 선물했다. 아이가 처음으로 기계를 연주하던 날, 여신과 인간 남자는 넋을 잃고 감상했다.

어느 날, 동굴 내부를 순찰하던 인간 남자는 동굴 밖에서 나는 비명 소리를 들었다. 동굴 밖으로 나가보니 멀지 않은 곳에 아기를 안은 젊은 남녀가 10여 명의 도적 떼에 둘러싸여 있었다. 수염이 덥수룩한 도적이 남자를 향해 칼을 휘두르자 남자가 맥없이 쓰러졌다.

인간 남자는 안개 주머니를 도적 떼 사이로 던졌다. 도적들이 앞을 보지 못하고 혼란에 빠진 틈을 타 인간 남자는 젊은 여자를 데리고 동굴 안으로 들어왔다. 여자의 옆구리에서 피가 흘렀다. 여자는 아기씨를 부탁한다는 말만 남기고 숨을 거두었다.

여자가 죽으니 아이의 몸은 서서히 투명해지고 형체가 흐릿해졌다. 인간 남자는 자신의 목걸이를 풀어 아이의 목에 걸어줬다. 이번엔 인간 남자의 몸이 흐릿해졌다. 인간 남자는 갓난아이를 안고 동굴 밖으로 뛰쳐나갔다.

인간 남자는 다시 도적들을 마주쳤다. 도적들은 인간 남자를 향해 검을 휘둘렀다. 마지막 남은 안개 주머니를 사용해 간신히 도망쳤지만, 인간 남자의 몸에는 큰 상처가 났다. 인간 남자는 의식을 잃고 쓰러졌다.

약방 여자는 쓰러져 있는 남자와 그 옆에서 울고 있는 갓난아기를 발견하고 자신의 약방으로 데려갔다. 약방 여자는 그들을 지극정성으로 보살폈다.

인간 남자는 자신에게 남은 시간이 얼마 없다는 걸 깨달았다. 아이의 목에 걸린 목걸이를 가져오려는데, 약방 여자가 아이의 상태가 위급해 하루를 넘기지 못할 거라고 말했다. 인간 남자는 아이가 항상 목걸이를 차고 있게 해달라고 부탁하곤 의식을 잃었다.

목걸이를 찬 아기는 기적처럼 살아났지만 인간 남자는 점점 쇠약해졌다. 인간 남자는 여신과 자신의 아이에게 미안하고 사랑한다는 말을 남긴 뒤, 숨을 거두었다. 남자의 몸은 형체 없이 사라졌다.

인간 남자의 목소리를 들은 동굴의 여신은 자는 아이의 볼에 입 맞춤했다. 이내 여신의 몸도 사라졌다. 인간 남자는 영혼이, 여신은 별이 됐다. 별이 된 여신은 동굴에서 추방당해 우주를 떠돌았다.

여신이 떠나자, 아이가 동굴의 주인이 됐다. 아이는 아무것도 모른 채 자고 있었다. 부모 앞에서 신나게 안개 기계를 연주하는 꿈을 꾸며 싱긋 웃었다.

목걸이를 한 갓난아기도 무슨 일이 일어났는지 모른 채 약방 여자의 품 안에서 생글생글 웃었다. 약방 여자는 인간 남자가 데려온 아기를 '숲'의 사람이라는 뜻으로 이름 짓고 매일 같이 산에 오르며 아이의 부모에 관한 단서를 찾았다.

동굴의 아이는 부모가 자신을 버렸다고 믿었다. 부모가 입던 것과는 반대로 검은 옷만 입고 제멋대로 행동했다. 누군가 여신과 인간 남자가 선물한 인형을 망가뜨리자 아이는 크게 화를 냈다. 아이의 심장은 검게 탔고 아이의 몸은 검게 변했다. 그때 누군가 검게 변한 아이를 안아 올리더니 자신이 부모님의 오랜 친구라며 앞으로 공장의 운영을 관리할 거라고 소개했다. 새로 온 신의 미소가 아이의 엄마를 닮아서 그랬는지, 부모가 사라진 이후 처음으로 부모를 언급한 존재여서 그랬는지, 누구의 말도 듣지 않던 동굴의 아이는 새로 온 신 앞에서 고분고분했다.

약방의 아이는 왜 자신에게만 부모가 없냐며 서럽게 울었다. 약방 여자는 두 사람의 영혼이 항상 주변에 있다며 아이의 목걸이를 가리켰다. 약방의 아이는 부모가 보고 싶을 때마다 인간 남자가 남기고 간 목걸이를 만졌다. 그때마다 동굴 속 검은 옷을 입은 아이의 가슴이 먹먹해졌다.

34
*
이어진 두 개의 원

"**기억을 간직하는 수정**이라니. 안개 사냥꾼들은 항상 날 놀라게 하는군."

후추가 깊은 한숨을 토해냈다.

"기억을 간직하는 수정?"

"응. 수정을 맞닥뜨린 자와 관련된 기억을 보여주는 거야."

"기억이라면 진짜 있었던 일을 보여준 거야? 그럼….'

"응, 전부 다 있었던 일이야. 이 수정을 실제로 본 건 나도 처음이지만…. 일단 갈까?"

후추가 손을 내밀었다. 후추의 손을 잡자 초상화로 가득 찬 방이 나왔다. 후추와 피아 앞에는 리본이 달린 안개 기계에 앉아 있는 어린 후추와 젊은 남녀가 그려진 초상화가 있었다. 후추는 그 자리에 주저앉아 그림 속 여자와 남자를 쓰다듬었다.

"지금까지 나약한 인간인 아빠가 엄마와 나를 배반했다고 생각했어. 엄마도 인간을 사랑한 나약하고 바보 같은 사람이라고 생각했지."

"그러면… 후추 아버지가 날 구한 거지? 그래서 내가 살아 있는 거고…. 만약 네 아버지가 날 구하지 않았다면 어떻게 됐을까?"

피아는 가슴이 먹먹했다. 그동안 부모가 자신을 버리고 떠났다고 생각해온 후추가 안쓰러웠고, 그게 자기 때문이라는 생각에 미안했다. 자신에게 목걸이를 주지 않았다면 후추의 아버지는 사라지지 않았을 것이다.

하지만 후추의 아버지가 아니었다면 이렇게 살아 있을 수도, 나나 할머니를 만나지도 못했을 것이다. 그럴 만한 가치가 있는 행동이었을까? 마을도, 나나 할머니도 구하지 못하고 문제만 일으키는데?

"응, 그만한 가치가 있지. 네가 그렇게 생각하면 아빠가 뭐가돼? 아빠는 아픈 널 보면서 날 생각했을 거고, 어떤 부모도 자식이 잘못되는 걸 바라지 않으니까 그런 선택을 했을 거야."

둘은 아무 말 없이 후추의 가족 초상화를 봤다. 후추의 눈에도 피아의 눈에도 눈물이 고였다. 후추는 피아노처럼 생긴 악기에 두 손을 올려 피아가 처음 들어보는 곡을 연주했다.

피아는 찬찬히 그림 속 후추의 아버지를 살폈다. 후추가 가진 카리스마는 아버지에게서 온 것 같았다. 흰 피부와 예쁘장한 얼굴은 어머니에게서 왔나….

"그런데 후추, 후추의 어머니는 신이잖아. 신은 죽지 않잖아. 그렇다면 동굴로 다시 돌아올 수 있지 않을까?"

"내가 우주의 공간에 가는 진짜 이유를 말해줄까? 사실 우주에 떠도는 엄마의 영혼을 만날 수 있을까 해서 가보는 거야. 그런데 지금까지 단 한 번도 만나지 못했어."

"아니, 그렇게 말고. 별이 아니라 온전한 신의 모습으로 온다면?"

"그럴 순 없어. 너도 봤듯이 아빠가 사라진 후 엄마는 신의 계약 때문에 동굴에서 추방당했거든. 잊힌 것들을 다스리는 신은 오직 하나여서 내가 이 동굴에 있는 한 엄만 다시 돌아올 수 없어."

후추가 고개를 푹 숙인 채 건반을 눌렀다. 불협화음이 났다.

"예외도 있지 않을까?"

후추가 고개를 들었다.

"아무리 추방당한 신이어도 안개 공장의 고객으로 온다면 동굴에 다시 올 수 있지 않을까?"

"…그래봤자 아주 짧은 시간이야. 안개를 주문하는 동안만 있을 수 있으니까."

"그렇지만 매년 주문하러 올 수도 있고 공장의 관리 감독을 맡을 수도 있고…."

"…어?"

후추의 눈빛이 반짝하고 빛났다.

"초상화. 안개를 주문하러 오신 날에도 너랑 어딘가 닮았다고 생각했어. 그림에 있던 네 어머니, 봄의 신이랑 눈매가 똑같더라. 안내자도 봄의 신이 바뀐 지 얼마 안 됐다고 그랬고…. 15년이면 네 어머니가 사라졌을 때랑 비슷하지 않아?"

그렇다면 매년 자청해서 안개 공장을 방문하는 것도 이해됐다. 후추를 보러 오는 거겠지.

후추는 아무 말 없이 그림 속 웃고 있는 부모를 응시했다.

"그러고 보니 봄의 신과 마주쳤을 때 이상한 게 보였는데…."

"이상한 거?"

후추가 피아의 눈을 응시했다. 피아는 후추가 생각을 읽으려 한다는 걸 알았다. 피아는 자신이 봤던 장면들과 봄의 신이 자신에게 했던 알쏭달쏭한 말을 떠올렸다.

"**사랑의 기억**을 경험했구나."

"사랑의 기억?"

"사랑으로 묶인 존재들에게 나타나는 기억이야. 일종의 영혼의 대화라고 할까."

후추는 피아의 목걸이를 가리켰다.

"그럼 봄의 신과 이 목걸이가?"

"당사자에게 직접 확인해보는 게 제일 정확하겠네. 물론 다음 방문 때까지 기다려야겠지만."

후추는 오랜만에 환하게 웃었다. 마음이 편해지는 웃음이었다.

피아는 어떤 여자가 자신을 가리켜 아기씨라고 말한 부분이 걸렸다. 아까 본 게 진짜 일어난 일이라면, 혹시 어딘가에 부모님이 살아 있을지도 모른다는 걸까? 피아의 가슴이 두근거렸다.

"후추, 동굴 이름을 **소중한 것들의 동굴**로 바꾸는 건 어떨까?"

"무슨 말이야?"

"잊힌 것들의 동굴에 있는 것들은 누군가에게 잊혀야 존재할 수 있잖아. 그런데 만약 동굴 이름이 소중한 것들의 동굴이 된다면 누군가에게 소중했거나 소중한 것들이 이 동굴에 존재하지 않을까 해서. 기억을 못 한다고 해서 의미가 없는 것은 아니잖아. 누군가가 잊었던 옷감을 보고 미치 아저씨가 소중한 꿈을 되찾은 것처럼, 동굴은 사실 의미 있고 쓸모 있는 것들로 가득 차 있는거 아닐까? 잊힌 꿈들도 그렇고, 여기 안개 공장도 그렇고, 별들의 영혼도 그렇고, 내 이불도 그렇고…."

피아는 이불을 언급하면서 피식 웃었다.

35
❋
피아

"후추님, 찾으시는 고객님 오셨고 말씀하신 대로 공장 문 닫았습니다. 청소부님 몸을 찾으셨네요! 지금이 더 보기 좋아요."

후추의 방으로 돌아오자 안내자가 피아와 후추를 맞이했다. 안내자는 마치 피아가 입은 옷이나 머리 모양을 칭찬하는 것처럼 말했다. 영혼도 몸도 영원히 사라질 뻔했기 때문인지 천진난만한 안내자의 말이 더할 나위 없이 반가웠다.

"네 마을을 뒤덮은 안개는… 바로잡을 방법을 찾느라 좀 오래 걸렸어. 고객들이 안개를 어떤 식으로 사용하는지도 모르면서 어떻게 안개를 파느냐고 물어봤었지? 신의 계약 때문에 우린 안개 주문을 거부할 수 없어. 단지 선택한 안개를 바꾸도록 설득하는 게 우리가 할 수 있는 최선이고 전부야.

고객들을 만나보면 그들의 생각을 읽을 수 있어서 대충 어떤 일이 벌어질지 알아. 네 마을의 안개 주문이 처음 들어왔을 때 그러면 안 된다는 걸 알면서도 허락했어. 점점 가온누리에 들어오는 인간이 많아지면서 동굴이 드러나기 시작했거든. 인간은 악하고 해로우니까. 동굴을 보호하려면 동굴 주변에 사는 인간들을 다 쫓아내야 한다고 생각했어.”

“아니.”

피아는 후추의 말을 끊었다.

“뭐?”

“넌 인간이 악하다고 생각하지 않아. 방금 코마의 꿈을 되찾아 준 것도 그렇고 미치 아저씨를 도와주는 것도 그렇고…. 말로는 인간이 나약하네, 싫네, 하지만 계속 도와주고 있잖아. 넌 그냥 네 할 일을 한 거야. 지금도 봐. 방법을 찾으려 하고 있잖아. 이미 늦었지만….”

사라졌던 몸을 되찾았지만, 나나 할머니도 황폐해진 마을도 돌아오지 않는다면 아무 의미가 없었다. 감정이 북받쳐 올랐다. 바닥에 눈물이 뚝뚝 떨어졌다.

“그렇지 않다니까. 잊힌 것들의 동굴은 어느 곳, 어느 시간과도 이어져 있다는 거 기억해?”

피아가 울음을 그치고 고개를 들었다.

“즉, 충분히 되돌릴 수 있다는 뜻이지. 주문자의 마음만 되돌린다면. 안개 공장의 고객들이 안개를 어떻게 구매하는 줄 알아?”

그동안 피아가 궁금했던 질문이었다. 공장을 찾아온 고객들은 무엇을 대가로 안개를 사 가는 걸까? 돈을 얼마나 내야 마을 전체를 위협할 안개를 가져갈까?

"우린 돈을 받지 않아. 대신 그들 자신에게 가장 소중한 것과 교환하지. 존재마다 지불하는 방식이 달라. 인간의 경우는 **꿈**이야."

"꿈이라고? 꿈을 지불하고 안개를 사는 거야?"

후추는 고개를 끄덕이더니 말을 이었다.

"보통 사람들은 꿈이 한두 개 없어도 큰 문제가 없지. 하지만 계속해서 안개를 주문하는 사람은 달라. 탐욕에 물들어 안개를 계속 주문하면 결국 가진 꿈을 모두 잃고 욕망의 속삭임에 넘어가게 되는 거지."

"안개를 계속 주문한다면 꿈도 계속 지불할 테니 결국 꿈을 모두 잃어버린다…. 욕심과 탐욕에 물든다…? 그럼 안개 사냥꾼처럼 되어버리겠네!"

"응. 그자는 이미 여러 번 좌절해서 꿈을 잃었는데 계속 안개를 샀어. 이러다 곧 안개 사냥꾼이 될 거야. 시간이 얼마 남지 않았어."

후추는 장식장에서 사각형 무늬가 새겨진 검은 구슬을 들어 올려 피아에게 내밀었다. 유한 오빠의 꿈이었다. 피아는 후추가 하려는 게 뭔지 알았다. 후추는 구슬을 쥐지 않은 손으로 피아의 손을 잡았다.

안개 기계가 분주히 움직이며 안개를 내뿜고 있었다. 둘은 안개 공장에 있었다.

후추가 눈짓으로 앞을 가리켰다.

송곳니 두 개가 턱 아래로 길게 뻗은 새하얀 맹수가 그들을 향해 저벅저벅 걸어왔다. 도깨비 몇을 모아놓은 것 같은 덩치, 빨간 눈, 거대한 발. 멀리서도 눈에 띄었다. 한쪽 뺨에 길게 난 상처가 아니었다면 피아는 절대 그를 알아보지 못했을 것이다.

'이번엔 네가 해야 해, 수피아.'

후추의 목소리가 피아의 머릿속에 울렸다. 처음으로 후추가 피아의 이름을 불렀다.

'마을을 구하고 너도 약방 할머니 곁으로 돌아갈 시간이야. 제자리로 돌려줘. 그의 심장에 꿈을 되돌려줘.'

후추는 피아에게 구슬을 내밀었다. 피아는 숨을 깊이 들이쉬고 구슬을 받아들었다. 이젠 모든 걸 바로잡을 시간이었다. 피아는 안개 사냥꾼으로 변한 유한 오빠를 향해 걸어갔다.

뭔가를 느꼈는지 맹수가 된 유한 오빠가 입을 쩍 벌리며 피아를 향해 달려들었다. 날카로운 이빨이 위협적으로 느껴졌다. 피아는 겨우 피했다. 기다란 송곳니 끝에 스친 팔에서 피가 났다. 맹수는 몸을 틀어 다시 한 번 피아에게 달려들었다. 피아는 방향을 바꿔 뛰었다. 몇 미터 앞에 안개 기계가 있었다. 이런. 방향을 잘못 들었다. 이제 와서 방향을 바꾼다고 해도 얼마 안 가 잡힐 게 분명했다.

피아는 맹수 쪽으로 몸을 돌렸다. 맹수는 입을 크게 벌리며 피아에게 몸을 던졌다. 도망칠 곳이 없었다. 여기서 유한 오빠한테 먹히면 어떻게 되는 걸까? 마을도 나도 유한 오빠도 다 끝이겠지.

피아는 바닥으로 미끄러지며 맹수로 변한 유한 오빠의 심장을 향해 검은 구슬을 들이밀었다. 강한 빛이 나면서 육중한 무게가 느껴졌다. 피아는 바닥을 여러 번 뒹굴었다. 맹수와 몸이 엉켰던 것 같다. 몸을 일으키려 하니 온몸이 쑤시고 마음처럼 움직이지 않았다. 숨 쉴 때마다 아픈 게 갈비뼈가 부러지기라도 한 것 같았다. 피아는 바닥을 짚고 일어나 앉았다. 맹수의 몸집이 점점 작아지고 팔뚝만 한 송곳니의 크기가 줄더니 피아가 기억하는 유한 오빠의 모습으로 돌아왔다. 새하얗던 피부색도 까무잡잡하게 바뀌었다.

후추가 무어라 중얼거리자 쓰러져 있는 오빠의 몸 아래로 검은 구멍이 생겼다. 구멍이 점점 커져 유한 오빠를 집어삼켰다.

피아는 후추를 올려다봤다. 입가에 작은 미소가 어리더니 후추가 작게 고개를 끄덕였다.

'후추 안녕.'

마음속으로 읊조린 뒤, 피아는 유한 오빠를 따라 구멍 속으로 뛰어들었다.

36
✳
약방

나나 할머니의 대표 약초 새벽별.

다른 약초꾼들은 이 약초를 다른 이름으로 부르겠지만, 새벽에 뜨는 별 아래에서만 찾을 수 있는 약초를 피아와 할머니는 새벽별이라고 불렀다. 증상이나 체질에 상관없이 몸을 회복하고 망가진 몸을 재생하는 효능이 있다고 해, 나나 할머니는 거의 모든 약에 새벽별을 넣었다. 새벽별이 들어가면 톡 쏘는 청량감과 은은한 단맛이 났다.

달달한 새벽별 냄새가 바람에 실려 왔다. 아이들이 피아의 몸에서 나는 약초 냄새를 맡고 늙은이 냄새, 고통의 냄새, 쓴 냄새라고 얼굴을 찌푸리며 한마디씩 할 때마다 피아는 이 냄새를 지우려고 갖은 애를 썼다. 그토록 혐오했던 냄새건만 또 얼마나 그리워했던 냄새인가.

모퉁이 끝에 약방 지붕이 보였다. 지붕 끝으로 연기가 피어오르고 있었다.

피아는 전력을 다해 뛰었다.

약재를 달이고 난 천이 널려 있는 빨랫줄, 말린 약재를 매달아 놓은 처마. 이 풍경을 얼마나 그리워했는지 모른다. 눈물이 눈앞을 가렸다.

"나나 할머니!"

피아는 약방 문을 열었다.

당신의 꿈은 무엇인가요?

10대 시절, 저는 다양한 장르의 꿈을 꾸었어요. 파인만처럼 노벨상을 받는 과학자가 되는 위인전 같은 꿈, 가고 싶던 대학 캠퍼스를 좋아하는 남자 배우와 연인이 되어 누비는 로맨스 코미디 장르의 꿈, 해외의 유명한 제과점에 가서 맛있는 디저트를 먹는 꿈, 좋아하는 작가가 활약했던 먼 나라에서 사는 모험기 같은 꿈이요.

물론 대부분 몽상에 가까운 꿈이었지만 신기하게도 제가 상상한 많은 것이 비슷하게 이뤄졌어요. 노벨상을 받은 과학자 몇몇 분을 만났고, 원하던 대학은 1차에서 떨어졌지만, 오히려 저와 더 잘 맞는 대학에 다니게 되었어요. 그리고 제 눈에는 마치 연예인처럼 보이는 멋진 남자친구를 만났고, 외국어를 전혀 몰랐던 제가 세계 여러 나라에서 살면서 유명한 맛집들을 방문하는 기회를 얻게 되었습니다. 신기하지 않나요?

꿈이 반드시 있어야 하는 건 아니지만, 가슴 뛰는 열정으로 나를 움직이게 하는 무언가가 있다는 건 매우 소중한 일이에요. 그래서 여기까지 읽어준 당신에게 묻고 싶어요.

"꿈이 있나요? 있다면 어떤 꿈이 있나요?"

꿈꿀 여유가 없다고, 꿈을 가지는 건 사치라고, 잘 모른다고 대답하거나 아니면 꿈은 있지만 현실과 괴리가 커서 이룰 수 없다고 생각할 수 있겠어요.

제게는 10대인 동생이 있어요. 동생에게 꿈을 묻다가 여러 번 크게 혼이 났어요. 자기가 뭘 좋아하는지, 뭘 잘하는지 잘 모르는데 어른들이 자꾸 꿈이 뭐냐고 물어보니까 답답하고 화나기도 하고, 아직 확실한 꿈이 없는 자신이 잘못된 것만 같고, 진학할 대학과 학과를 빨리 결정하라는 말처럼 들려 스트레스를 받기도 하더라고요. 제 동생처럼 꿈을 묻는 걸 싫어하는 사람들도 많을 거예요. 그렇다면 질문을 바꿔볼게요.

"지금 당신을 두근거리게 하는 무언가가 있나요?"

상상만으로도 미소 짓게 만드는 그거 말이죠. 나중에 마음이 바뀌어도 상관없고 설령 이루어지지 않아도 괜찮아요. 남들이 어떻게 생각하는지, 뭐라고 말하는지는 중요하지 않아요. 오직 나 자신에게만 중요한, 지금 당신을 설레게 하는 것은 무엇인가요? 당장 떠오르지 않아도 괜찮아요. 이번 기회에 한 번 탐구해 보는 건 어떨까요?

글을 여러 번 수정하면서 비로소 이 책이 '꿈'에 관한 이야기라는 걸 깨닫게 되었어요. 어쩌면 너무나도 당연했어요. 왜냐하면 이 책은 제가 오랫동안 간절하게 바라던 일이었거든요. 십여 년 전부터 저는 제 머릿속에만 있는 멋진 세계와 매력적인 캐릭터들을 세상 사람들과 나누고 싶다는 꿈이 있었어요. 하지만 미치 아저씨나 안개 사냥꾼들처럼 저 역시도 제 꿈을 까맣게 잊고 살고 있었어요. 그러다가 약 5년 전쯤에 다시 꿈을 기억하고는 글을 썼습니다. 일기조차 쓰지 않을 정도로 글쓰기와는 담을 쌓고 살았던 터라 처음에는 제대로 된 문장 하나 쓰기 어려웠어요. 그저 무작정 써 내려가는 것밖에는 달리 방법이 없었어요. 글쓰기에 전념하고자 사는 곳도 바꾸고, 일도 그만두고, 사람을 좋아하던 제가 칩거 생활을 했습니다.

시간이 지나 이제 당신 손에 이 책이 쥐어져 있네요. 저 혼자서만 알고 있던 안개 공장과 피아, 후추, 안개 공장 직원들을 당신에게 소개할 수 있게 되어 얼마나 기쁜지 몰라요. 여기까지 읽어준 《후추의 안개 공장》 독자님, 당신이 제 꿈을 이뤄주었습니다. 감사합니다.

　이제 당신 차례입니다. 제가 제 꿈을 나누고 당신이 제 꿈을 이뤄준 것처럼, 세상도 당신의 꿈이 이뤄지길 기다리고 있어요. 세상에 당신의 꿈을 나눠주세요. 우리 주위에 선한 꿈을 꾸는 사람들이 많아지면 이 세상은 어떻게 달라질까요? 생각만 해도 가슴이 뛰고 설레요.

　현재 저는 새로운 꿈을 꾸고 있습니다. 사랑, 모험, 마법으로 가득 찬 세계와 그 세계에서 일어나는 이야기를 전 세계 많은 사람과 나누는 것입니다. 상상만 해도 절로 웃음이 나고 즐거워요. 오늘도 이 꿈을 이루기 위해 저만이 할 수 있는 작은 행동을 하겠습니다.

　《후추의 안개 공장》이 당신이 가는 길에 놓인 작은 씨앗이 되었기를 바라며, 언젠가 당신의 꿈을 듣게 될 날이 오길 고대하겠습니다. 고맙습니다.

　사랑을 듬뿍 담아.

2024년 3월, 안개 속에서

이현주

이 자리를 빌려 도움을 주신 분들께 감사를 표합니다.

초고를 읽고 재미있다며 꼼꼼하게 피드백해준 0호 독자 형욱, 형준 친구, 달희 샘, 도입부 피드백을 준 태경, 현정, 윤옥, 수경 작가님, 《안개 공장》은 언제 나오냐며 애정 어린 닦달을 해주신 새벽별 해림, 은영 작가님, 출간 기획서에 대한 피드백을 주신 경화 작가님과 서은 작가님, 첫 투고에 따뜻한 관심을 보여주신 많은 출판사 관계자분, 《안개 공장》이 세상에 나올 수 있게 무한한 지지와 응원을 해주신 파란자전거 김문정 주간님, 베틀북 김정미 주간님, 김상미 차장님, 어떤 원고나 아이디어를 가져가도 아이돌 팬클럽 부럽지 않은 팬심으로 읽어준 1호 독자 지은, 상호, 영석, 존재만으로 든든한 거인 채희, 지원, 현주, 희록, 려, 선영, 재백, 지혜, 수정 님, 모든 과정을 함께 한 동진 코치님, 든든한 파트너가 되어준 서해문집 출판사와 차소영 편집자님, 온갖 고민을 들어주고 물심양면 지지해준 승환과 가족들이 있어 책이 나올 수 있었습니다. 일일이 언급하지는 못했지만, 오늘의 저를 있게 해준 모든 분 감사합니다. 사랑합니다.